Paris, große Liebe inklusive

Sandra Borchert

AF222436

INHALTSVERZEICHNIS

Marie

HI! Mein Name ist Marie Jeannette de Saint Antoine! Ich bin ein ganz gewöhnliches Mädchen. Nicht besonders schön, nicht besonders schlank und nicht besonders geschickt. Seit einem Jahr lebe ich in Paris. Eigentlich komme ich aus Montreal, aber es zog mich schon immer zu der schönen Stadt an der Seine. Was ich hier mache? Ich studiere BWL. Schon seit zwei Semestern. Meine Wohnung liegt in dem Künstlerviertel Montmartre. Dort gibt es die preiswertesten Zimmer und das Nachtleben ist einfach traumhaft.
Zugegeben, als ich hierher kam, war das alles ein wenig anders. Ich ging jeden Tag von 9 Uhr bis 14 Uhr zur Uni, danach ging ich auf den Gemüsemarkt und später in die Wohnung. Da fläzte ich mich auf das Sofa und träumte vor mich hin oder sah fern. Mein Zimmer ist in einem wunderschönen Altbau. Von hier aus, kann man die Marktschreier hören oder abends die Straßenmusikanten. Sie singen immer von der großen Liebe. Tja, auch ein Grund nach Paris zu gehen. Wer hier nicht die große Liebe findet, findet sie nirgendwo. Jedenfalls blieb ich nicht lange in meiner Wohnung allein. Drei Monate nach mir, zog Denise ein. Wir gründeten also eine WG und hörten ab sofort gemeinsam dem armen Poeten zu, der über uns jeden Abend von seiner gestohlenen Liebe zu einer Prostituierten sang. Naja, das war mehr schlecht als recht, aber es war unterhaltend. Es ist erstaunlich wie sehr sich die Stimme nach sechs Wodka verändert.
Das machten wir aber nicht lange, denn bald entdeckte Denise das Pariser Nachtleben und ich zwangsläufig mit ihr. Denise machte eine Lehre als Designerin und hatte jeden Abend immer ausgeflipptere Ideen für Klamotten, die sie natürlich alle an mir ausprobieren mußte. So ging ich natürlich immer wie ein abgeschossener Fesselballon aus dem Haus. Egal, Denise gefiel es und den Parisern anscheinend auch!
So eroberten wir nun also das Pariser Nachtleben. Wir gingen in die besten Discotheken und Kneipen und flirteten mit den angesagtesten Typen.

Uni, Freunde und die üblichen Probleme

Der Tagesablauf war plötzlich nicht mehr der gleiche. Ich ging zwar immernoch bis 15 Uhr zur Uni, aber danach ging es öfter mal ins Kino oder in die Bars und nicht selten kamen wir mitten in der Nacht total besoffen nach Hause. Der nächste Tag war dann natürlich die Hölle. Und genau an so einem Tag lernte ich einen unheimlich süßen Typen kennen. Ich ging wie immer in die Boulangerie „Chez Pierre" um Frühstück zu kaufen, da ich es wie immer nicht geschafft hatte zu frühstücken. Er saß neben mir am Tresen und trank einen Cafe au lait während ich auf mein belegtes Baguette wartete. Er sah richtig toll von der Seite aus. Er hatte dunkle Haare, grüne Augen und ein wunderschönes Gesicht. Ich war ziemlich in Eile und deshalb habe ich auf mehr nicht geachtet, er sollte allerdings schon eine bleibende Erinnerung an mich erhalten, denn als ich nach meiner Bestellung griff, stieß ich ihn versehentlich so an, daß er seinen Kaffee über seinen Anzug schüttete. Ich hätte mich ja gerne noch entschuldigt, aber als er mich so ansah brachte ich kein Wort heraus und stotterte nur irgend etwas. Fluchtartig und mit hochrotem Kopf verließ ich die Boulangerie. Auf der Straße stieß ich einen leisen Schrei aus, weil ich mich so über mich ärgerte. Der Tag war versaut und dabei schien doch die Sonne so schön und der Himmel war schön blau. Viel zu blau für den März. Total gefrustet stieg ich in die Metro und fuhr weiter zur Uni! Dort warteten schon meine drei besten Freunde Therese, Erique und Kathrine auf mich. Wir unternahmen immer viel miteinander. Sie versuchten stets mich zu verkuppeln, aber das klappte natürlich nie. Wie sollte es auch! Therese versuchte stets mir einen Millionär zu angeln, Enrique zog immer nur Sozialpädagogikstudenten an Land und Katherine schleppte stets verheiratete Typen an. Alle drei waren jedoch mehr oder weniger glücklich vergeben.

Aus Frust wollten sie mich nun an den Mann bringen. Das war jedoch einfacher gesagt als getan! Was Männer anging war ich schon immer ein Spätzünder. Oder jedenfalls weniger interessiert als andere. Früher hat sich auch nie wirklich ein Typ für mich interessiert und wenn das jetzt einer tut, dann werde ich rot wie eine Tomate und rede kompletten Unsinn. Das geschah leider sehr häufig! In der Uni liefen auch ganz süße Typen rum. Mein großer Schwarm hieß Henrie. Leider war er ein eiskaltes Arschloch, aber dafür ein verdammt süßes. Seine Eltern waren in der Computerbranche und schwerreich! Also lief er natürlich auch nur in Armani rum und sprach ziemlich geschwollen. Aber dieser Anblick entschuldigte alles. Ich hatte mal wieder eine Vorlesung in Rechnungswesen. Dieses Fach war mehr als langweilig, also zog ich es vor darüber nachzudenken wie wohl mein Hochzeitskleid und Henries und meine Kinder aussehen werden, bis die Pausenklingel mich aus meinen Träumen riß. Langsam packte ich meine Sachen zusammen, dabei sah ich verstohlen zu IHM hinüber und tatsächlich trafen sich unsere Blicke. Für eine Sekunde war es mir, daß er mir zublinzelte.

Er hatte mich also bemerkt. Nur wie sah ich heute nur aus? Schlabberpulli und Jeans. Was sollte er nur von mir denken. Es mußte sofort Plan 1 in Kraft treten. Schoppen gehen mit Mitbewohnerin. Brauchte dringend Typenberatung und sexy Klamotten. War gar nicht so einfach scharfe Sachen in Größe 42 zu bekommen. Entschied mich dann für sexy Rock und scharfer Bluse aus schwarzem Satin dazu noch lange Stiefel und sexy Strümpfe. Dann ging ich noch zum Frisör. Mußte unbedingt meine Frisur überdenken. Die blonden Haare mußten unbedingt mal in Form gebracht und gebändigt werden. Vermutlich war tägliches waschen und über Kopf fönen auf Dauer nicht die beste Lösung. Es musste was ganz neues er, also ließ ich mir Locken drehen. Dann kaufte ich noch Make up und eine neue Zahncreme, die die Zähne besonders weiß erscheinen ließ. Aber irgend etwas fehlte noch.

Genau, ich ging mußte dringend ein Paar Kilos loswerden. Die ewigen Chips und das ungesunde Essen hinterließen irgendwann ihre Spuren. Aber wollte ich das wirklich alles aufgeben für Möhren und Sport? Nein, aber ich mußte. Aber zuerst mußten natürlich die Reste im Kühlschrank beseitigt werden, und so machten Denise und ich erstmal einen richtigen Fressabend. Wir vertilgten wirklich alles, schauten uns dabei unter Tränen alle Teile von „Dornenvögel" an und stellten uns Richard Chamberlain als Vater unserer Kinder vor. Nach zwei Flaschen Wein beschlossen wir ihm einen Brief zu schreiben und ihn zu besuchen. Eine Antwort auf diesen Brief kam jedoch bis heute noch nicht und was drin stand weiß ich leider nicht mehr so genau. Vielleicht ist das auch besser so. Und falls er gerade dieses Buch liest, es tut uns furchtbar leid.

Unerwartete Ereignisse

Am nächsten Tag ging es mir hundeelend. Ich sah aus wie ein Jeti, ohne diesen beleidigen zu wollen. Beschloß dann sofort nie wieder Rotwein zu trinken und stieg auf Weißwein um. Zum Glück war Samstag und ich mußte nicht zur Uni. Hatte also ein ganzes Wochenende Zeit um Diät zu halten und Sport zu machen. Als erstes beschloß ich Joggen zu gehen und die Stufen zur Sacre Coer rauf und runter zu laufen. Nachdem ich die Treppen einmal hinaufgelaufen war, beschloß ich den Plan zu ändern und einen anderen Weg nach Hause zu nehmen. Total erschöpft kam ich zu Hause an. Dann machte ich mich daran mein neues Fitnessgerät auszuprobieren. Es war eines dieser modernen Ab-slider. Bereits nach viermal Rollen tat mir alles weh, aber was tut man nicht alles für die Schönheit? ! Danach ging ich mit Denise auf dem Gemüsemarkt einkaufen. (Wollten ja schließlich ab heute gesund leben) Nie im Leben hätte ich geahnt, daß es so viele Gemüsesorten gibt. Dann kauften wir noch Saft statt Cola. (Diese Maßnahme fand ich ehrlich gesagt am Schlimmsten) Meine Umwandlung zum Ernährungsbewußten Menschen konnte also beginnen.

Wieder zu Hause angekommen riefen mich Enrique, Therese und Katherine an und luden mich zum Brunch ein.

Wir trafen uns zehn Minuten später und gingen ins „Chez Pierre". Dies war inzwischen unser Lieblingstreffpunkt geworden. Ein Brunch war natürlich das schlimmste auf was sich eine so bewußte Frau wie ich sich einlassen konnte und durfte. Aber was sollte schon schlimmes passieren? Bald darauf sah ich was alles schlimmes passieren konnte. Vom Buffet lachten mich Sahnetorten, Hähnchenflügel und jede Menge Salate an. Egal, einen Tag brauchte man sowieso zusätzlich um sich endgültig von seinen gewohnten Eßgewohnheiten zu verabschieden. Also machte ich mich auf zum Buffet um mich persönlich von all den Köstlichkeiten zu verabschieden. Dabei legte ich mich mit einer Hähnchenkeule an, die partout nicht auf meinem Teller bleiben wollte. Letztlich flog sie mir mit voller Wucht aus der Hand und einem neben mir stehenden Mann auf den Anzug.

Als er sich umdrehte, begann mein Kopf wie verrückt zu glühen! Da war er wieder. Wie peinlich! Erst der Café und nun auch noch das Hühnchen.

„Wenn wir uns noch zweimal treffen, habe ich ein komplettes Menü zusammen!"; sagte er mit einem netten Lächeln.

„Entschuldigung, kommt nicht wieder vor.", stammelte ich während ich versuchte den Soßenfleck aus seinem Anzug zu rubbeln. Er bedankte sich und ich zog es vor, schnell den Rückzug anzutreten. Meine Freunde hatten natürlich alles gesehen und konnten sich das Lachen kaum verkneifen. Als ich dann auch noch darauf hinwies, daß es bereits das zweite Mal passiert sei, mußte ich mir einen langen Vortrag von Katherine über das Schicksal anhören. Da war sie ja bei mir genau richtig. Ich glaube nämlich nicht ans Schicksal. Das ist was für Menschen die nicht an den Zufall glauben.

Ich konnte jedenfalls dennoch nicht aufhören ihn anzusehen. Er war wirklich sehr, sehr sexy und irgendwie fühlte ich mich von ihm angezogen. Seltsam! Gelegentlich sah er auch zu mir rüber, aber dann wurde ich gleich rot und alles war mir so peinlich. Alle anderen sagten natürlich sofort, daß ich nach seiner Nummer fragen sollte. Das war ja nun natürlich absolut unmöglich.

Nach dem Brunch waren wir dann noch ziemlich faul und haben es uns gutgehen lassen. Es war so ein wunderschöner Tag, also schmissen wir uns auf eine Wiese im Park. Wir waren uns zwar alle sicher deshalb irgendwann Rheuma zu bekommen, aber das war uns relativ egal. Lieber schmiedeten wir Pläne, wie ich Henrie für mich gewinnen konnte. Das war vielleicht doch gar nicht so schwer, denn schließlich machte ich ja gerade Diät und war super sportlich. Wie sollte er mir da noch widerstehen können? Unsere Taktik schien uns jedenfalls wasserdicht und wollten sie natürlich gleich am nächsten Montag testen. Unsere Taktik war ganz einfach: „sprich ihn einfach an!"

Alle außer mir fanden das ganz einfach. Den ganzen Sonntag übte ich die passende Pose. Denise half mir dabei. Außerdem machte ich weiterhin meine Übungen und fühlte mich schon 10 Kilo leichter. Leider zeigte die Waage dies nicht wirklich an. Genau genommen hatte sich nichts verändert. , aber ich hatte ja noch eine Nacht. Vielleicht verlor ich ja über Nacht einige Pfunde. In der Nacht träumte ich die irrsten Dinge. Ich stand vor dem Traualtar, aber irgendwie kannte ich den Mann gar nicht. Jedenfalls war es nicht Henrie. Bbbbbbbbbbbbbbbbbbrrrrrrrrrrrrrrrrrrr!!!! ES war schon wieder Zeit zum Aufstehen. Mit verschlafenen Augen schaute ich mich im Zimmer um und stellte fest, daß es ja bereits Montag morgens gegen sieben war. Ich mußte mich also beeilen. Enrique und Katherine hatten versprochen mich abzuholen. Mit Schwung schnellte ich aus dem Bett und stieß mir dabei erstmal den kleinen Zeh. Danach legte ich mir Make up auf (schließlich hatte ich ja auch das den ganzen Sonntag geübt) und zwängte mich in meine neu gekauften Sachen. Ich sah einfach heiß aus. Besonders die Stiefel standen mir gut. Als ich gerade gehen wollte, klingelte es an der Tür. Es waren Erique und Kathrine. Beide waren in bester Laune, während bei mir bereits die ersten Schmetterlinge im Bauch anfingen zu flattern.

Vor der Uni wartete Therese auf uns. Sie hatte mal wieder Streß mit ihrem Freund und auch dementsprechend schlechte Laune. Ich hatte noch nie vorher gehört, daß man so über einen Menschen schimpfen kann. Das war aber sowieso von Anfang an so eine seltsame Sache mit ihr und ihrem Freund gewesen. Naja und nun hatte sie einen romantischen Abend für die beiden organisiert, aber ihr Liebster zog es vor lieber mit seinen Kumpels in den Uniclub zu gehen. Und so saß sie nun da mit den vorbereiteten Leckereien. War ziemlich hart für sie. Da sah man es mal wieder: Männer sind Schweine und nun wollte ich mir tatsächlich auch noch so etwas angeln. Aber bestimmt war Henrie ganz anders. Er war sicher sehr liebevoll und auf seine Liebste bedacht. Er würde mir bestimmt jeden Tag eine Überraschung bereiten und mich auf Rosen betten. Genau, so würde er sein. „Marie? Marie? Hörst du mir überhaupt noch zu? Hallo?!?!?!?!?!" Ja, ich hörte Therese noch zu, aber in Gedanken war ich ganz woanders. Dann endlich kam sie, die so innig verhaßte und doch geliebte Rechnungswesenvorlesung. Es ging an diesem Montag mal wieder um Bilanzen. Ein sehr aufregendes Thema. Fast alle schliefen mal wieder. Ich überlegte mir jedoch die ganze Zeit wie ich es anstellen könnte mich ihm zu nähern. Er lächelte schon die ganze Zeit zu mir rüber. Wahrscheinlich wollte er mich nur zum Narren halten. Ich hielt es für besser nicht darauf zu reagieren. Endlich klingelte es. Langsam packte ich meine Sachen ein, als plötzlich jemand auf meine Schulter tippte. „Hey Marie! Du siehst ziemlich scharf heute aus!" Es war Henrie. Ich hatte ihn noch nie so sprechen gehört. Mein Hirn fing an zu rattern. Nicht rot werden, nicht rot werden. AH, Mist; zu spät! Wahrscheinlich war ich gerade rot wie eine Tomate und er würde lachend abhauen. „Danke, das ist nett von dir!", brachte ich gerade noch so über die Lippen. „Was hältst du davon, wenn wir mal ins Kino gehen?" Jetzt nur nicht gleich drauf einsteigen. Es soll ja nicht so wirken, als ob man die ganze Zeit drauf gewartet hat. „Heute kann ich leider nicht, Habe schon einen wichtigen Termin!" „Schade! Naja, vielleicht klappt es ja irgendwann mal!" „Obwohl, so wichtig ist der Termin nun auch wieder nicht." Mist, verraten! Naja, vielleicht merkte er es ja nicht. „Okay, heute gegen sieben im International?" „Okay, warum nicht? Ich werde da sein." Mit einem Zwinkern ging Henrie aus dem Seminarraum. Sofort wurde ich von Erique, Therese und Kathrine umlagert. „Und, wie war's?", fragten sie wie aus einem Munde. „Mir ist schlecht!", war das einzige was ich herausbrachte. Und tatsächlich war mir etwas schlecht, aber ich war auch unsagbar glücklich. „Sag schon Marie, wann wirst du ihn treffen?", fragte Enrique. „Wirst du ihn warten lassen?", fragte Therese. „Was wirst du anziehen?", fragte Kathrine. Diese Frage war typisch für sie. „Leute, ihr könnt mich nicht allein lassen. Versprecht mir, dass ihr in der Nähe bleibt.", sagte ich besessen von Angst. Sie versprachen mir ihre Handy anzulassen, damit ich mir jederzeit Rat holen konnte. Ich fand diese Idee natürlich riesig. Aber jetzt mußte ich mich natürlich erstmal fertig machen. Als erstes fuhr ich erstmal in die Wohnung und ließ mir von Denise eine Gurkenmaske auflegen. Allerdings blieben nicht viele Scheiben übrig, da ich es vorzog schon vorher alles auf zu essen. Denise probierte es dann lieber mit Toten Meer Salz, bevor sie mich wegen einer Verabredung verließ. Danach entspannte ich mich in der Badewanne und rasierte mich. Man konnte ja nie wissen. Dabei schnitt ich mich natürlich, wo es nur ging. Wie sollte es auch anders sein. Zu allem Überfluß versuchte ich die geschnittenen Stellen mit Toilettenpapier zu versorgen. Somit sah ich aus wie eine Mumie. Als ich mit einem Bademantel bekleidet, der Maske auf dem Gesicht und dem Toilettenpapier an den Beinen, durch die Wohnung sauste, klingelte es plötzlich an der Tür. „Oh Denise, hast du wieder den Schlüssel vergessen?", rief ich noch so und riß die Tür auf. Aber es war nicht Denise. Ich sah plötzlich einen riesigen Blumenstrauß und Croissants vor mir. Dahinter lugte ein dunkler Schopf hervor. „Mein Jackett und ich haben Sie heute morgen vermißt.", tönte der Blumenstrauß. Ich konnte es gar nicht fassen, da stand dieser Wahnsinnsmann aus dem „Chez Pierre" vor mir. Aber wie sah ich aus? Das war ja wieder typisch. „Darf ich reinkommen?", fragte er ganz schüchtern. „Äh ja! Entschuldigen Sie mich bitte kurz, ich muß eben noch mal ins Bad." , sagte ich aufgeregt und deutete auf mein Gesicht. „Ich finde Sie sehr interessant wie sie gerade aussehen. Sie sollten Creme auf Ihre Schnitte tun.", lächelte er und deutete auf meine Beine. „Wenn ich störe, gehe ich auch gleich wieder!" „Nein, nein! Sie stören nicht. Ich hatte nur nicht mit Besuch gerechnet. Ich dachte Sie wären meine Mitbewohnerin. Brauche nur zwei Minuten." Und tatsächlich ging es diesmal alles sehr schnell. „Wie...? Warum..? Woher wissen Sie eigentlich wo ich wohne?", fragte ich zaghaft, während ich dem schönen Unbekannten etwas Orangensaft anbot. Er nahm ihn auch dankend an. „Pierre hat mir verraten wie Sie heißen und wo Sie wohnen. Ich habe Sie heute morgen beim Frühstück vermißt. Vermutlich haben Sie es heute nicht geschafft zu frühstücken und deshalb wollte ich es Ihnen nachträglich vorbei bringen. Und die Rosen gab es heute dazu. Ich hoffe Sie freuen Sich!", sagte er mit einem unheimlich süßen Lächeln und überreichte mir die Rosen. Das war so lieb von ihm. Wir aßen also noch zusammen und redeten lange. Er hieß Matthieu und war zwei Jahre älter als ich. Irgendwann sah ich auf die Uhr und erschrak, denn es war langsam an der Zeit sich mit Henrie zu treffen. Ich log also Matthieu vor einen wichtigen Termin zu haben, denn schließlich wollte ich ihn ja nicht verletzen. Er stand auch sofort auf und machte sich auf zu gehen. Das tat mir schon ein wenig leid, denn immerhin war er so nett und hatte sich den ganzen weiten weg zu mir gemacht. Er hatte sogar in Kauf genommen, daß ich ihn rauswerfe. Wie süß! Aber nein, ich wollte Henrie für mich gewinnen. Wir tauschten noch unsere Nummern aus und ich versprach ihn anzurufen. Als er weg war, schmiß ich mich schnell in meine schönsten Klamotten. Dabei zog ich natürlich erstmal eine Laufmasche. Völlig entnervt suchte ich eine neue. Leider fand ich nur eine schreckliche rote, die überhaupt nicht zu dem schwarzen Kleid mit hellen Stiefeln paßte. Egal, da mußte ich jetzt durch. Und, was sollte es, schließlich war ich ja ein Vamp! (Irgendwie jedenfalls!) Voller Selbstbewußtsein stieg ich also in die Metro und fuhr zum International. Den aufdringlichen Blicken entnahm ich, daß ich unheimlich heiß aussah. Man muß eben nur wissen wie man sowas auslegt. Denn schließlich war ich ja nicht irgendwer! Ich war Marie Jeanette de Saint Antoine und ich war wild entschlossen den Mann meines Lebens für mich zu gewinnen. Ob er wollte oder nicht!!! In der Metro dachte ich noch ein wenig über Matthieu nach. Eigentlich war er ja ganz nett, aber doch eher der Kumpeltyp. Allerdings hatte er diese Grübchen und schien sehr interessiert zu sein. Aber Henrie war dagegen eine echte Herausforderung. Er war stolz und intellektuell. Er hatte dasselbe Verständnis für Kunst. Dabei fiel mir ein, daß ich nicht einmal wußte was Matthieu als Beruf machte und wo er überhaupt wohnte. Während ich mir darüber noch den Kopf zerbrach, fiel mir auf, daß ich aussteigen mußte. In letzter Minute sprang ich aus der Metro. Gerade noch rechtzeitig erschien ich vorm International. Henrie wartete bereits auf mich. Wahrscheinlich war er schon lange vorher dagewesen. Mit einem flüchtigen Kuß auf die Wange begrüßte er mich. „Ich freue mich, daß du gekommen bist. Habe mich so auf dich gefreut.", sagte er. Natürlich wurde ich wieder rot. „Ich mag es, wenn Deine Haut diese Farbe annimmt. Aber ich mag diesen milchigen Teint Deiner Haut sowieso!" Milchiger Teint? Da kann ich wohl dankbar sein, daß er keine Lactose Allergie hat. Was für ein doofer Vergleich. Die Stimmung sank natürlich. Ich versuchte abzunehmen und er machte sich Gedanken über meinen Teint. Was sollte man dazu sagen? Ich beschloß zu schweigen und zu lächeln. Dann begaben wir uns ins Kino und er lud mich zu „Gladiator" ein. Ich kannte Russell Crowe vorher gar nicht, aber er war sehr sexy. War natürlich sofort vom Film begeistert. Henrie sah das alles ein wenig analytischer. Er begann auf die Fehler im Film zu achten. Er wollte solche Fehler wie bei „Ben Hur" entdecken. Damals gab es ja in diesem Jahrhundert Uhren, die damals noch gar nicht erfunden waren. Das fand ich soweit auch ganz spannend und ich beschloß mich auch für diese Art von Hobby zu interessieren, denn schließlich mußten ja zukünftige Ehepartner auch gemeinsame Interessen haben. Nach dem Film gingen wir noch etwas essen. Aber natürlich nicht zu McDonald, sondern in ein Steakhouse. So wie es sich für seinen Stand gehörte. Natürlich gefiel mir das. Er ließ sich ja mit mir sehen und somit war ich offiziell in die höhere Gesellschaft eingeführt. Ich fühlte mich wie eine Prinzessin und strahlte über beide Wangen, so glücklich war ich.

Auch da lud er mich wieder ein, obwohl ich darauf bestand selbst zu zahlen. Er war ein echter Gentleman. Er hielt mir sogar jedesmal die Tür auf und ließ mich vorgehen.

Als krönender Abschluß brachte er mich nach Hause. Vor der Tür blieben wir eine ganze Weile stehen und sahen uns tief in die Augen. Dann strich er mir eine Strähne aus dem Gesicht und flüsterte mir ins Ohr: „Du siehst heute unheimlich geil aus und diese Strumpfhose ist der volle Hammer." Ich lachte leise. Dann näherten sich seine Lippen den meinigen und er küßte mich leidenschaftlich und preßte mich dabei fest an sich. Da stand ich nun; Marie! Sexbombe und zukünftige Frau und Mutter von Henrie, dem heißesten Kerl der Uni. Allerdings kam es nicht zu mehr an diesem Abend. Jeder schlief in seinem eigenen Bett ein. Ich weiß nicht, ob ich das schlimm fand oder nicht. So leicht war ich schließlich auch nicht zu haben.

In dieser Nacht schlummerte ich wie ein Baby!

BBBBBBBBBBBBBBBBBBBBBRRRRRRRRRRRRRRRRRRRRRRR!!!!!

Schon wieder dieser blöde Wecker. Dabei hatte ich doch kaum geschlafen. Hatte keine Lust auf Uni und beschloß zu schwänzen. Drehte mich also noch mal auf die Seite und schlief ein. Irgendwann klingelte meine Handy. Erique machte sich Sorgen. Ich gab vor mich erkältet zu haben und hustete was das Zeug hielt in den Hörer. Allerdings war ich nicht die einzige die beschlossen hatte zu schwänzen, denn Therese war auch nicht erschienen. Da ich mir sicher war, daß sie mit Absicht nicht kam, rief ich sie an. Sie klang schrecklich. Sie hatte furchtbaren Streß mit ihrem Freund. Er hatte sie betrogen. Ich beschloß zu Therese zu fahren um sie zu trösten.

Marie, beste Freundin und Seelentöster

Als ich zu ihr kam, war sie noch im Bademantel. Das war ungewöhnlich, denn sonst war sie immer gut geschminkt. Ich versuchte sie mit Worten aufzubauen. Immer wieder fing sie an zu weinen. „Männer sind solche Schweine! Womit habe ich das nur verdient? Was soll ich denn nur machen?", weinte sie vor sich hin. Ein Frühstück war wohl erstmal das Beste, also begab ich mich in die Küche. Es gab das beste Frühstück aller Zeiten. Rühreier mit Schinken und Croissants. Marmelade und Pfannkuchen und die beste heiße Schokolade der Welt. Marie, beste Freundin und Köchin. Das munterte Therese schonmal wieder ein wenig auf. Sie hatte außerdem den ganzen Abend auf einen reumütigen Anruf von ihrem Süßen gewartet, aber er hielt es wohl nicht für nötig. Warum sollte er auch? Ihm ging es ja gut. Er hielt es nichtmal für nötig die Beziehung zu beenden, sondern er fand die Idee einer Dreierbeziehung sogar für die beste Lösung. Was für ein Arschloch! Er hatte ja keine Ahnung was er verlor.

Nach dem Frühstück beschloß ich was gegen ihre Minderwertigkeitskomplexe zu unternehmen, also gingen wir erstmal zu Friseur, in die Sauna, Schwimmen und zum Kosmetiker. Marie, beste Freundin und Gesundheitsberaterin. Es ging Therese immer besser. Als wir dann richtig Energie aufgetankt hatten, beschlossen wir herauszufinden wer die kleine Schlampe war, mit der Therese betrogen worden war. Ihr Freund Stephan arbeitete in einer kleinen Werbeagentur in der Nähe der „Notre Dame". Wir legten uns vor der Agentur auf die Lauer. (Hinter einem Auto natürlich) Marie, beste Freundin und Detektivin.

Wir hatten extra eine Wasserflasche dabei, um sie über seinem Kopf auszukippen. Okay, um ehrlich zu sein, hatte wir eine Torte, aber die fiel den „Betrogenen – Freßattacken" Thereses zum Opfer.

Da, endlich kam Stephan aus der Agentur. Im Schlepptau hatte er eine äußerst attraktive Frau. Beim näheren Hinsehen konnte man aber sehen, daß sie eine echte Tussi war. Er küßte die kleine Schlampe sogar noch. Das war Beweis genug.

Allerdings sahen wir es nicht ein uns an sowas die Hände schmutzig zu machen, also entschied sich Therese für die soziale „Beste Freundin Nummer". Sie ging zu Stephan und erklärte ihm wie erfreut sie war ihn und seine Bekannte zu treffen. Sie habe ja schon so viel von ihr gehört. Stephan war das Ganze offensichtlich sehr peinlich. Die kleine Tussi ließ sich aber voll und ganz auf das Gespräch ein und so erfuhr Therese auch noch wie lange das schon ging und wo sie sich immer trafen. Stephan wurde immer nervöser, während seine kleine Schlampe, ich glaube sie hieß Johanna, anfing sich mit Therese anzufreunden. Ob sie irgendwann erfuhr, daß Therese die betrogene Freundin war, weiß ich nicht. Auf jeden Fall tauschten sie noch ihre Telefonnummern aus und verabschiedeten sich dann. Ich machte dann noch schnell ein Photo von Stephans verdutzten, dummen, Gesicht. Marie, beste Freundin und Paparazzo. Dann fuhren wir wieder heim. Bei Therese angekommen, stellten wir die gepackten Koffer vor die Tür und leerten eine Flasche Wein.

Ich hatte keine Ahnung wie schön ein geschwänzter Tag sein konnte. Es ging uns beiden wirklich gut. Es ging uns so gut, daß wir beschlossen übers Wochenende zu verreisen. Wir machten uns also auf den Weg ins Reisebüro. Irgend etwas sollten wir schon finden. Die Junge Dame im Reisebüro sah uns erst etwas ungläubig an, aber dann faßte sie sich ein Herz und bediente uns. Sie hatte es ehrlich sehr schwer gegen unsere Weinlaune anzukommen. Sie tat mir sogar ein wenig leid. Ihr Versuch uns London schmackhaft zu machen scheiterte aber trotz meines Mitleids mit ihr.

Therese und ich entschlossen uns für Italien. Genauer gesagt für Rom. Wir hatten sogar Glück und bekamen noch Plätze für das kommende Wochenende. Ein ganzes Wochenende nur wir zwei. Armes Rom!!!! Wir freuten uns wie zwei Schneekönige. Ach, das Leben war so schön! Ohne Zweifel war ich die beste Freundin der Welt. Ich hatte Therese aufgeheitert, ihr die Rache verschafft und dazu noch einen tollen Urlaub zu zweit organisiert.

Auf diesen Triumph leerten wir natürlich erstmal noch ein paar Gläser Wein. Schließlich hatten wir ja was zu feiern! Das taten wir dann auch noch bei einem leckeren Abendessen in der Innenstadt. Natürlich lachten wir uns immer über das Bild von Stephans doofen Blick schlapp.

Danach brachte ich Therese nach Hause und machte mich dann auch wieder auf den Heimweg.

In der Metro dachte ich über den Tag nach. Ich war mit mir im reinen. Okay, ich hatte die Uni geschwänzt, aber dafür hatte ich vielleicht eine Freundin vor dem Selbstmord gerettet. Ja, ich war ein toller Mensch. Eine echte, beste Freundin! Ein Licht in der Dunkelheit! Der Fels in der Brandung!!!

Endlich in der Wohnung angekommen, hörte ich zuerst , daß Denise wieder einen neuen Lover hatte. Aber das störte mich kein bißchen. Dafür brach ich mir fast die Beine, als ich im Flur über etwas stolperte. Vorsichtig knipste ich das Licht an. Da stand ein riesiger Karton mit meinem Namen drauf. Natürlich nahm ich ihn sofort mit ins Zimmer. Konnte es kaum erwarten ihn zu öffnen. Als ich ihn öffnete traf mich fast der Schlag. Da waren zwanzig rote Rosen mit einer Karte. Die Rosen hatten schon etwas gelitten, denn es hatte sich ja auch den ganzen Tag keiner darum gekümmert.

Die Karte war eine Einladung zum Elton John Konzert am kommenden Samstag in Begleitung von Henrie (und Genesungswünsche). Jetzt sollte es also losgehen mit uns. Doof, daß ich am Wochenende nicht konnte. Da mußte er aber jetzt durch. Ich war auch viel zu müde und viel zu glücklich und stolz, um mir darüber noch Gedanken zu machen.

Das Bett wurde also sofort von mir in Beschlag genommen und ich schlief in kompletter Montur ein. Die Gedanken kreisten immer um Rom und Henrie.

Rom

Die Zeit bis Freitag war viel zu lang. Obwohl ich in der Uni saß, war ich in Gedanken nur bei Henrie und in Rom! Wie würde es da wohl sein? Schön warm hoffte ich! Henrie sah öfter als sonst zu mir herüber. Er hatte so einen Blick drauf, der doch sehr verliebt schien. Was so ein Abend zu zweit so ausmachte.

In den Pausen kam er oft zu mir und wollte schmusen. Ich für meinen Teil, wollte keine öffentliche Beziehung. Ich wollte ihn ganz allein und nur für mich haben. Ach, das war ein schöner Gedanke. Bald wären ja wieder Semesterferien und wir hätten genug Zeit für uns.

Aber jetzt gab es ja erstmal nur Therese, mich und Rom.

Henrie war sehr traurig darüber, daß wir nicht gemeinsam zum Konzert gingen. Er hatte sich große Sorgen gemacht, als ich an einem Tag nicht in der Uni war. Seitdem war er überhaupt sehr besorgt. Das war eigentlich sehr süß. Ihm schien etwas an mir zu liegen. Er fuhr sogar Therese und mich zum Flughafen. Wie lieb von ihm.

Therese hatte seit unserem Rachefeldzug öfter mal was von ihrem Stephan gehört. Besser gesagt, er rief jeden Tag an und wollte sich mit ihr vertragen. Sie genoß jedoch ihre neue Freiheit.

Rom war eine wirkliche Wonne für uns beide. Die Sonne schien vom blauen Himmel runter und ließ diese wunderschöne Stadt im hellen Glanz erstrahlen. Und die Männer erst! Einer schöner als der andere. Und dieses Temperament!!!!!! Wir besuchten das Colosseum, die spanische Treppe und vor allem plünderten wir sämtliche Geschäfte der Stadt. Immer auf der Suche nach einem geeigneten Outfit. Am Samstag lernten wir schließlich zwei supersüße Männer kennen. Sie waren groß, dunkelhaarig, gut gebaut und vor allem hatten sie diesen süßen Akzent in der Stimme. Ihre Namen waren Paolo und Graziano. Sie zeigten und Rom auf ganz besondere Weise. Wir machten die Nacht durch und verliebten uns in das römische Nachtleben und vielleicht auch ein bißchen in Graziano und Paolo! Sie beschenkten uns mit Rosen und kochten für uns. Sie waren zuvorkommend und behandelten uns wie Damen. Für ein paar Tage vergaßen wir was uns zu Hause erwartete. Aber dann kam der Sonntag. Der Tag des Abschieds. Noch einmal gingen Therese und ich zum Colosseum. Wir nahmen von jeder Palme und jedem Strauch abschied. Danach fuhren uns unsere Jungs zum Flughafen. Es war ein wirklich tränenreicher Abschied. Sie standen vor uns mit Ringen, die sie uns an den Finger steckten. Sie schworen uns ewige Liebe, und dass sie auf uns warten würden. Sie meinten es wohl ernst, denn sie hatten kein einziges Mal versucht uns ins Bett zu bekommen. Paolo schreibt mir heute noch und ruft mich noch immer an. Für ihn steht fest, daß wir eines Tages heiraten werden.

Als wir zu Hause ankamen, holte mich Henrie vom Flughafen ab. Er hatte sich genau bei Denise informiert wann ich ankam. Natürlich freute ich mich total. Er trug meinen Koffer und drückte mich ständig an sich. Auch Therese vergaß er nicht. Ihr schenkte Henrie eine große Sonnenblume und hatte auch sonst noch eine Überraschung dabei, denn hinter einer Säule wartete ein fast weinender Stephan auf sie. Er hatte einen wahnsinnig großen Rosenstrauß dabei und noch ein kleines Päckchen. Langsam kam er auf Therese zu, die ihn ganz verdutzt ansah. Dann griff Stephan nach ihrer Hand und schaute ihr tief in die Augen.

„Ich weiß, daß ich dich sehr tief verletzt habe und das auch nie wieder gut machen kann. Du fehlst mir so und ich kann ohne dich nicht leben. Therese, willst du mich heiraten?" Tja, das war zwar lieb gemeint von Stephan, aber ehe er es sich versah, hatte er einen Handabdruck im Gesicht, denn so romantisch wie es schien, fand sie es nicht. „Du glaubst doch wohl nicht, daß ich mich von so etwas einwickeln lasse. Such dir eine andere die sich alles gefallen läßt. Mich siehst du nie wieder!" Etwas verwirrt schaute uns Stephan an. Therese jedoch nahm ihren Koffer und verließ mit einem Lächeln im Gesicht den Flughafen. Henrie tröstete unseren kleinen Casanova, während ich hinter Resi her rannte. Kurz vor dem Ausgang holte ich sie endlich ein. Es ging ihr wohl wirklich gut. So selbstzufrieden hatte ich sie lange nicht gesehen. Mir schien, daß ihr Rom wirklich gut bekommen war, oder war es eher ihr kleiner Italiener? Tatsächlich, Resi hatte sich neu verliebt. Ich freute mich für sie und knuddelte sie ganz doll. Dann kam auch Henrie endlich angelaufen. Zu dritt nahmen wir uns ein Taxi. Therese mußte schon früher aussteigen, während Henrie und ich noch eine Weile zu fahren hatte. Er beschloß bei mir zu bleiben, um meinen Koffer in die Wohnung zu tragen.

Fortschritte

Während ich meine Kleidung in die Waschmaschine stopfte, versuchte Henrie aus den paar vorhandenen Lebensmitteln ein leckeres Essen zu kochen. Plötzlich klingelte es an der Tür. Es war Mathieu. „Ich wollte nur mal sehen ob du gut angekommen bist!", Dabei fiel sein Blick in die Küche, „ Ich will auch nicht stören. Wie ich sehe bist du gerade beschäftige! Achso, das ist für dich!" Er reichte mir ein kleines Päckchen und ehe ich etwas sagen konnte, war er schon wieder verschwunden. Von unten war nur noch ein leises: „Ich rufe dich an!" zu hören.

Verwirrt legte ich das Päckchen erst einmal in mein Zimmer und ging dann wieder zu diesem Prachtburschen der in meiner Küche stand. Ich konnte es immer noch nicht fassen.

„Wer war's denn?", fragte Henrie neugierig. „Ein lieber Bekannter.", antwortete ich schnell. „Das sieht aber sehr lecker aus. Was ist das?", fragte ich neugierig. Henrie drehte sich zu mir um und nahm mich in den Arm: „Es sieht nicht so lecker aus wie du! Küß mich Kleines!" Dann fühlte ich seine Lippen auf meinen und mir wurde ziemlich schwindelig. „Autsch!!!!" , rief Henrie. Ich hatte ihm aus Versehen auf seine Lippe gebissen. Ich entschuldigte mich tausendfach bei ihm. Irgendwie dachte ich, daß der Abend wohl jetzt vorbei sein würde. Jedenfalls aßen wir erstmal diese leckere Pasta Pesto. Kochen konnte er ganz gut für ein verwöhntes Küken. Danach wuschen wir noch zusammen ab und redeten über Gott und die Welt, meist jedoch über Uni und die Zukunft. Irgendwie erzählte er nicht viel von seiner Familie und Kindheit. Vielleicht war sie ja nicht so schön wie meine.

Kurz darauf saßen wir auf unserem Sofa und schauten uns ein Video an. Was es war, weiß ich jetzt nicht mehr. Der Film war jedenfalls ziemlich öde und doof.

Zwischendurch sah er immer mit einem bestimmten Lächeln zu mir herüber. Dann küßte er mich tief und innig. Dieser Kuß war lange, sehr lange!!!!!!

Henrie blieb über Nacht bei mir. Wir kuschelten die ganze Zeit miteinander und liebten uns endlos. Es war die schönste Nacht meines Lebens. Ich war ja so verliebt in ihn. Noch immer glaubte ich zu träumen. Ich, Marie, Pummelchen und ewig Männerlose, hat den heißesten Typen der Uni bei sich. Und er ist noch nicht mal nur nett, sondern auch noch perfekt im Bett.

Mit einem breiten Grinsen auf dem Gesicht schlief ich ein.

Am nächsten Morgen wurde ich mit Café und frischen Croissants geweckt. Wie lieb Henrie war. Er hatte bereits geduscht und wollte vor der Uni noch kurz nach Hause seine Sachen holen. „Bis nachher mein Schatz und vergiß nicht, daß du jetzt zu mir gehörst.", sagte Henrie und drückte mir einen dicken Kuß auf.

Als er die Tür hinter sich geschlossen hatte führte ich einen Freudentanz im Bett auf. Ja, ich hatte es endlich geschafft; ich hatte einen Freund. Dann ging ich ins Bad und schaute in den Spiegel. Wie wunderschön ich und wie toll mein Körper war. Ja es stimmte was die Leute immer sagten, die Liebe macht eine Frau erst richtig schön.

Ich war einfach wunderschön heute, alles war wunderschön heute.

Mit stolz geschwellter Brust und breitem grinsen kam ich in der Uni an. Therese, Kathrine und Erique warteten schon auf mich. „Du grinst ja wie ein Schmalzkanten. Was ist denn mit dir passiert?", wollten alle drei wie aus einem Munde wissen. „ Sag es nicht!", rief Enrique, „Ihr seid zusammen, oder?" Wie recht er hatte. Ich erzählte ihnen natürlich alles. Jetzt mußte ich nur noch entscheiden wer meine Brautjungfer werden sollte. Als ich noch so in Gedanken war, kam mein zukünftiger Mann auf mich zu und kniff mir in den Po. „Na meine kleine Sexbombe, was wollen wir heute nachmittag noch anstellen?", hauchte er mir ins Ohr. Wieder hagelte es Küsse. Sogar vor allen Leuten. Ich war also tatsächlich jetzt seine feste Freundin. Wir hielten Händchen und neckten uns.

Am Abend unternahmen wir immer sehr viel. Wir gingen essen oder ins Kino, Theater oder Moulin Rouge. Natürlich unternahmen wir auch viel mit meinen und seinen Freunden. Alle mochten ihn, nur Erique konnte ihn nicht so richtig leiden. Er meinte, daß Henrie ein Klugscheißer und Egoist sei. Ich sah das alles nicht so. Er war doch der beste Mann der Welt.

So vergingen also die ersten zwei Wochen. Irgendwann beschloß Henrie mich seinen Eltern vorzustellen. Er hatte schon etwas ausgemacht, nämlich das kommende Wochenende. Allerdings war an diesem Tag bereits Mittwoch. Nur noch drei Tage, was sollte ich machen? Ich mußte mich in Form bringen. Was sollte ich ihnen erzählen? Als ich noch so darüber nachdachte klingelte das Telefon. Es war Matthieu. Ich freute mich so, daß er es war. Wir unterhielten uns über die Dinge die in der Zwischenzeit passiert waren und natürlich auch über Henrie. Ich erzählte ihm von dem Problem mit dem Besuch bei Henries Eltern und er versprach mir zu helfen. Wir verabredeten uns für Freitag Abend.

Eltern

Pünktlich um acht klingelte es an der Tür. Ich ließ Mathieu herein. Ich Superfrau hatte natürlich schon ein paar Häppchen vorbereitet, allerdings stolperte ich auf dem Weg zum Tisch über das Päckchen von Matthieu und nun sahen die Häppchen etwas verunglückt aus. Das Päckchen von Matthieu hatte ich bei den ganzen Ereignissen in der letzten Zeit total vergessen. Schnell öffnete ich es. Mir verschlug es fast die Sprache. Darin befand sich ein wundervolles Parfum und eine „Willkommen zu Hause" Karte. Wie süß von ihm!

Nun war er bei mir und ich zeigte ihm meine Garderobe. Nebenbei beschrieb ich ihm die Verhältnisse in denen Henries Eltern lebten. Matthieu entschied sich für etwas konservatives. Ein beiges Kostüm und schöne weiße Schuhe dazu. Außerdem zeigte er mir noch ein paar Tischregeln und nannte mit Themen zur Konversation. Ich war ihm so dankbar. Schließlich empfahl er mir noch ein heißes Bad zu nehmen und mich ein wenig zu beruhigen. Dankbar nahm ich diesen Vorschlag an. Matthieu machte sich wieder auf den Weg nach Hause. Wir machten aus zu telefonieren, sobald ich wieder zurück war. Zum Abschied drückte ich ihm noch einen dicken Kuß auf seine Wange und bedankte mich tausendmal für sein Parfum.

Erschöpft ließ ich mich in die Badewanne sinken, als das Telefon klingelte. Es war Henrie der wissen wollte ob alles in Ordnung sei. Ich bejahte dies. Dann tauschten wir Liebesschwüre aus und er sagte mir, daß er mich am nächsten Morgen um zehn abholen würde, dann legten wir auf und ich tauchte unter. Dieses Bad war wirklich sehr erholsam. Ein wenig nervös und dennoch glücklich fiel ich ins Bett und schlief ein.

Ich träumte so einen wunderschönen Traum. Dort waren wir ganz allein, ich und dieser Typ.

Allerdings war er definitiv nicht Henric. Keine Ahnung wer er war. Durch ein Klingeln wurde ich jäh aus meinem wundervollen Traum gerissen. Es war acht Uhr.

Vor der Tür standen Therese, Erique und Kathrine. Im Schlepptau hatten sie auch noch Denise, die eigentlich bei ihrem neuen Freund sein sollte. Jeder hatte etwas dabei. Erique einen Stylingberater in Buchform, Therese Klamotten, Kathrine einen riesigen Schminkkoffer und Denise hatte sich dabei. „Wir wollen dich für deinen großen Tag fertig machen!", freute sich Therese. Das Argument ich hätte mich schon vorbereitet wurde dabei geflissentlich übersehen. Also mußten als erstes meine Haare daran glauben. Denise wusch sie und machte daraus eine züchtige Hochsteckfrisur. Danach manikürten sie meine Hände und pedikürten meine Füße. Das war aber noch lange nicht alles; ich rasierte mich und schnitt mich wie immer dabei. Gleich wurden meine Schnittwunden mit Alkohol behandeln, damit sie nicht so rot würden. Das brannte wie verrückt und ich schrie natürlich. Was soll's, wer schön sein will muß leiden. Dann ging es an die Klamotten. Letztlich blieb es doch wieder bei dem Kostüm. Alle begannen zu rätseln wer mich so gut beraten hat. Das blieb jedoch mein Geheimnis. Dann kamen noch Pumps an die Füße und ein schickes, dezentes Make up aufs Gesicht und schon war ich fertig. Es wurde auch Zeit, denn es war schon fünf vor zehn. Als Glücksbringer sprühte ich noch Matthieu's Parfum an meinen Hals. Es roch zu gut. Ich glaube es hieß „Nr.4" von Elizabeth Arden. Dann klingelte es auch schon und Henrie stand vor der Tür. Ein lautes „Wow!" rief er aus. Ich hoffte es würde ein Kompliment sein. Und was es für ein Kompliment war. Er war total perplex. Ich war jedoch bereits jetzt schon so aufgeregt, daß er alle zehn Minuten eine Toilettenpause machen mußte. Was würden sie wohl über mich denken? Würden sie mich mögen? Ich sollte mich elegant geben und den Fasan nicht mit den Fingern anfassen. Wie sollte ich das machen?

Henri versuchte so gut es ging mich zu beruhigen, aber so richtig war das nicht möglich. Andererseits war ich ja schwer verliebt in ihn und genau deshalb musste ich mich anstrengen und mein bestes versuchen.

Als wir in die Auffahrt des Anwesens seiner Eltern fuhren, wurde mir schon ein wenig übel. Alles war so vornehm und ich fühlte mich zu hundert Prozent fehl am Platze. Henris Mutter wartete schon an der Tür auf uns. Sie ging anmutig auf den Wagen zu und küsste ihren Sohn dezent auf die Wange. Auch mich begrüßte sie mich einem gehauchten „Küsschen, Küsschen". Das war irgendwie peinlich. So gekünstelt. Meine Eltern haben mich immer ganz doll gedrückt, aber das schien hier alles nicht so innig zu sein. Sein Vater konnte mich irgendwie von Anfang an nicht leiden. Er war zwar freundlich zu mir, aber es kam nicht von Herzen.

Während wir aßen wollten sie alles von mir wissen. Bereitwillig gab ich Auskunft über meine Familie, Freunde und das Studium. Danach folgte noch ein Familienspaziergang durch den Wald. Seine Mutter lief neben mir und machte auf Freundin. Mit überwiegend psychologischer Taktik versuchte sie mein Seelenleben zu erforschen. Sie ließ mich dann wissen wie lieb und nett sie mich fände und wie gut ich ihrem Sohn täte. Auch sein Vater war sehr nett, aber ich hatte dennoch dieses merkwürdige Gefühl. Ich wusste nicht warum, aber es war eben so. Gegen Abend fuhren wir wieder heim. Henri bestätigte mir wie toll alles gelaufen sei. Ich war auf Wolke sieben und freute mich über meine neue „Ersatzfamilie". Warum auch nicht, denn sie waren ja nett. Ich war mir sicher, dass er DER Mann für mich war.

Am selben Abend fuhren wir noch zu ihm. Wir saßen auf seinem Bett und kuschelten. Er nahm mich ganz fest in seine Arme und sagte, dass er mich nie wieder loslassen wolle. Danach ließ er uns Wasser in die Badewanne ein und zündete alle Kerzen an. Wir nahmen ein romantisches Bad und liebten uns in der Badewanne. Danach machte er romantische Musik an und wir kuschelten uns ins Bett. Er sagte mir, dass er sich ein Leben mit mir vorstellen könnte. Henri konnte sich auch eine Hochzeit mit mir vorstellen. Es war der schönste Abend und die schönste Nacht meines Lebens. Ich fühlte mich wie eine Prinzessin. Ich fühlte mich einfach nur schön, begehrenswert und unendlich geliebt. Wir liebten uns mehrmals in dieser Nacht und auch am nächsten Morgen. Für Henri war es der schönste Sex seines Lebens. Ich konnte das noch nicht so beurteilen. Vielleicht musste ich mich das nächste mal nur mehr auf ihn einlassen.

Am nächsten Morgen brachte er mir das Frühstück ans Bett. Wir schauten noch lange im Bett Fernsehen, bis ich beschloss nach Hause zu gehen. Ich musste noch Aufgaben für die Uni aufarbeiten. Henri brachte mich zur Metro Station und sagte die bedeutenden drei Worte: „ Ich liebe dich!"

Zu Hause warteten bereits vier aufgeregte Gestalten auf mich. Meine Lieblingsfreunde und meine Lieblingsbewohnerin saßen im Wohnzimmer und warteten schon lange auf mich.

Sie hatten Kekse und Kakao mitgebracht und löcherten mich mit neugierigen Fragen. Ich erzählte ihnen alles, wirklich alles. Interessiert hörten sie mir zu. Alle vier freuten sich für mich und wir stießen zur Feier des Tages mit Sekt an. Abends lernte ich noch für die Uni, als es an der Tür klingelte. Es war Mathieu. Er hatte Pizza bei sich und wollte natürlich auch wissen wie es gelaufen sei.

Glücklich erzählte ich ihm vom schönsten Abend meines Lebens. Mathieu hörte mir gebannt zu und freute sich mit mir. Er wünschte mir viel Glück und bot mir an für mich da zu sein. Ich glaubte ihm, denn da war er ja auch zu diesem Zeitpunkt schon für mich gewesen. Ja, er hatte wirklich etwas liebenswertes an sich.

Wir redeten den ganzen Abend und schauten Video. Unser schallendes Gelächter hallte durch das ganze Montmartre.

Ich hörte nicht dass das Telefon klingelte. Es war Henri der mich sprechen und mir eine traumhafte Nacht wünschen wollte. Als Mathieu dann um eins ging, rief ich Henri noch einmal zurück. Er war sehr sauer und auch eifersüchtig. Es war schwer ihn zu beruhigen. Natürlich unterstellte er mir sofort eine geheime Beziehung mit Mathieu. Angeblich würde ich mit ihm ins Bett steigen. Das musste ich mir natürlich auch nicht sagen lassen und legte den Hörer einfach auf.

Sauer ging ich in die Küche und kochte mir noch mal einen Kakao und dachte nach. Na ja, mehr als „Idiot" kam dabei nicht raus.
Später ging ich dann ins Bett und schrieb noch ein bisschen Tagebuch.
Dann schlief ich endlich ein.

Fickfreundin

So richtig hatte ich keine Lust in die Uni zu gehen. Ich wollte Arsch – Henri nicht sehen. Wie konnte er so was nur von mir denken? Natürlich musste ich alles ganz dringend Therese erzählen. Wir trafen uns am „Chez Pierre" und fuhren zusammen weiter. Natürlich machte ich meinem Frust erst mal richtig Luft und auch Therese konnte gar nicht fassen was da abgegangen war. Wir beschlossen also kurzerhand dass Henri ein Arsch war und stopften uns genüsslich die letzten Krümel unseres Lieblingscroissants in den Mund. Zufrieden betrachteten wir die Welt, gewiss dass alle Typen bescheuert seien.
Als wir ausstiegen trafen wir Katherine und Enrique. Sie standen engumschlungen vor dem Streckenplan und knutschten. So richtig konnten wir unseren Augen nicht trauen. Natürlich hatten sich die beiden noch viel mehr erschrocken als wir. Geständig berichteten sie uns von ihrer kleinen Affäre. „Affäre? Wem wollt ihr das denn erzählen?", fragte Therese nachdrücklich. „Okay, es läuft schon ne Weile. Wir wollten es euch nur nicht erzählen. Wir wollten unser Glück erst mal allein genießen. Seid bitte nicht böse!", flehte uns Katherine an. Natürlich waren wir nicht böse. Mit großer Freude betrachteten wir unser neues Pärchen. Nun hatte jeder jemanden der zu ihm gehörte. Auch Therese war seit einiger Zeit wieder sehr glücklich.
Vor der Uni stand ein ziemlich betroffen aussehender Henri. Er kam auf mich zu und wollte sich entschuldigen. Aber da hatte er nicht mit mir gerechnet. Schließlich hatte ich auch meinen Stolz und so ging ich einfach an ihm vorbei. Keinen Blick würdigte ich ihm. Es war mir egal was er dachte. Okay, so ganz egal war es mir nicht, denn schließlich liebte ich ihn ja noch. Trotzdem sollte er merken was er angerichtet hatte und wie sehr mich dieser Kommentar verletzte. Wie konnte er nur denken, dass es sich bei mir nur um Sex drehte? War ich denn ein Mann?
Es war natürlich sehr anstrengend ihn zu ignorieren, aber es war auch lustig mitanzusehen wie er versuchte einen Blick zu erhaschen.
Auch auf dem Weg nach Hause versuchte er mich abzufangen. Allerdings ohne Erfolg. Ich hatte mich noch mit Therese verabredet, denn wir wollten noch shoppen gehen. Wir zogen durch sämtliche Boutiquen und probierten süße Dessous und sexy Kleider an. Am Ende hatten wir unzählige Slips, BHs, Blusen und Röcke zusammen. Danach gingen wir in eine super leckere Pizzeria und tranken Wein. Dabei dachten wir an unseren Urlaub in Rom zurück und schwelgten in unseren Erinnerungen. Über kurz oder lang gingen wir in ein Reisebüro und holten uns Prospekte für ein Superwochenende. Wohin, wussten wir noch nicht so genau. Vielleicht London oder Stockholm.

Es war ein wirklich schöner Tag und ich war rundum glücklich als ich nach Hause fuhr.

Ich hatte an diesem Tag eine ganz besondere Ausstrahlung. Alle lächelten mich an und so viele Telefonnummern bekam ich selten. Jetzt fehlte nur noch die Einigung mit Henri. Vielleicht würde ich ihn anrufen, wenn ich zu Hause sei.

Als ich am Montmartre ausstieg traf ich Denise. Ich drückte ihr meine Taschen in die Hand und beschloss noch einmal zur Sacre Coer hinauf zu gehen. Es war inzwischen schon dunkel geworden und ich liebte den Ausblick von dort oben auf das beleuchtete Paris. Als ich in die Kirche hinein ging fand gerade eine Probe des Chors statt. Eine Schwester gab mir ein Gesangbuch und so stimmte ich mit ein.

Später saß ich noch lange auf den Stufen und schaute auf den Eifelturm hinab. Plötzlich erschien eine Rose in meinem Blickfeld. Ein Schatten kniete vor mir und bat mich um Verzeihung. Und natürlich verzeih ich Henri. Er setzte sich neben mich und nahm mich behutsam in den Arm. Wir redeten noch lange über Gott und die Welt und küssten uns immer wieder.

Henri übernachtete bei mir und wir liebten uns wie immer sehr oft in dieser Nacht. In den nächsten Wochen lief alles super. Wir sahen uns jeden Tag und liebten uns. Er war die Liebe meines Lebens. Er hatte alles was ich wollte. Er war lieb, zärtlich, intelligent und vielseitig interessiert. Am meisten interessierte er sich für Kinofilme. Zu jedem Film hatte er Hintergrundinfos. Er kannte jeden Schauspieler, und ich meine wirklich jeden.

Wir unternahmen viel zusammen. Ich lernte seine engeren Freunde kennen. Sie waren sehr nett. Ich kam mit ihnen gut klar. Okay, alle außer Vanessa. Sie mochte mich nicht und war von Anfang an gegen mich. Warum, weiß ich bis heute nicht. Sie war nicht mal hübsch. Sie sah aus wie ein Kobold und baggerte ständig an ihm herum. Natürlich stieg Henri auch immer darauf ein. Wer hatte also einen Grund eifersüchtig zu sein? Henri versuchte aber immer wieder mich zu beruhigen. Er schwor mir seine große Liebe zu sein und die beste Frau die er jemals im Bett hatte. Ich glaubte ihm. Drei Wochen später schlief er wieder bei mir. Er war sehr unruhig und wälzte sich hin und her. Plötzlich hörte ich ein stöhnen und er rief im Schlaf Vanessas Namen und dass sie so toll beim Sex war. Ich traute meinen Ohren nicht. Das durfte doch wohl nicht wahr sein. Sauer verzog ich mich ins Wohnzimmer. Vielleicht hatte er ja nur geträumt? Ich beschloss ihn am Morgen zu fragen aber neben ihm schlafen wollte ich nicht.

„Hej, aufstehen meine kleine Süße!" Henri küsste meine Augen und versuchte mich so ganz liebevoll zu wecken. Irgendwie war ich immer noch nicht so gut drauf und knurrte ihn nur an. „Wieso hast du auf dem Sofa geschlafen?", fragte er mich verwirrt und reichte mir meinen Kaffee. „Hast du mit Vanessa geschlafen?", fragte ich schüchtern. Er blieb stehen und drehte sich ruckartig um. Entgeistert schaute er mich an: „Wie kommst du darauf?" „Du hast letzte Nacht ihren Namen gerufen und auch gesagt, dass sie so toll im Bett war.", ich war bereits den Tränen nah. Aber ich durfte nicht weinen. Den Erfolg durfte ich Vanessa nicht gönnen. Mit großen Augen sah ich ihn an: „Sag schon, hast du?" Er kam auf mich zu und wollte mich in den Arm nehmen. Ich drehte mich weg. „Ja, ich habe mit ihr geschlafen. Ich weiß nicht warum. Ich habe nicht nachgedacht. Ich liebe nur dich, das musst du mir glauben. Du bist wirklich meine große Liebe und mit dir ist auch alles viel schöner." Sollte das ne Entschuldigung sein? Ich wusste nicht was ich tun sollte und so kam nur ein kühles: „Ich geh jetzt duschen.", über meine Lippen.

Unter der Dusche bekam ich dann einen wahnsinnigen Weinkrampf. Wie konnte das nur passieren? War ich nicht mehr attraktiv genug für ihn? Ich schaute an mir herab und sah meinen Bauch und meine Oberschenkel. Sie waren dick, sie waren nicht nur dick, sie waren fett. Dessen war ich mir absolut sicher. So was konnte er ja gar nicht lieben. Ich musste abnehmen, unbedingt!

Als ich aus der Dusche kam war Henri weg. Ich hatte keine Lust auf Uni und blieb zu Hause. Ich beschloss nichts mehr zu essen, den ganzen Tag nicht. Ich, Marie, enttäuschte Geliebte und Opfer von Selbstmitleid.

Als ich so richtig unten war, klingelte das Telefon. Es war Henris Mutter die uns zum Essen am Wochenende einlud. Sie fände mich ja so toll und überhaupt sei ich ja die beste Schwiegertochter der Welt. Um ihr einen Gefallen zu tun, sagte ich einfach zu. Schließlich war ja auch bald Weihnachten und warum sollte ich ihr nicht den Gefallen tun? Als ich wieder aufgelegt hatte, versuchte ich Mathieu anzurufen. Er war zu Hause und wir verabredeten uns im „Chez Pierre". Eine halbe Stunde später saßen wir am Tresen und tranken Cappuccino. Mathieu war sehr verständnisvoll. Er war auch gegen das Abnehmen. „Willst du eine von diesen dürren Zicken werden? Du bist wunderschön, so wie du bist." Ich wurde ein bisschen rot, glaube ich. Wir gingen hinauf zur Sacre Coer, vorbei am „Moulin Rouge". Als wir den Ausblick so genossen, wurde es langsam dunkel. Plötzlich schnappte sich Mathieu meine Hand und zog mich zur Seilbahn. „Komm mit, ich habe eine Idee!", sagte er verschmitzt lächelnd. Wir fuhren mit der Bahn in die Stadt und liefen in Richtung Champs Elysée.

Auf einmal stand er groß und mächtig vor mir, der Eifelturm. Er war so wunderschön beleuchtet wie immer und auch die zahlreichen Marokkanischen Händler waren noch da.

„Komm schon, sonst fährt sie ohne uns ab. Oder willst du lieber laufen?" Nein, das wollte ich natürlich nicht. Wer will schon die Treppen des Eifelturms hinaufgehen. Ich zog es vor mit der Bahn hochzufahren.

Der Ausblick war einfach wunderschön. Von oben sieht Paris einfach traumhaft aus. Alles ist weiß, wie mit Zucker bestäubt. Hier oben hatte ich keine Zeit zum Nachdenken. Jeder Gedanke an Henri verflog. Es ging mir einfach nur gut. Es war so wunderschön hier und Mathieu so lieb. Mathieu jedoch zog es vor das Thema noch einmal anzusprechen: „Was willst du nun tun?" „ Ich weiß es nicht!", antwortete ich ein wenig gleichgültig. „Ich würde ihm verzeihen. Weißt du, er ist nur ein Mann. Das berechtigt ihn zwar nicht zu so was, aber wir sind nun einmal sehr leicht erregbar. Ich bin mir sicher dass dies ein einmaliger Vorfall war. Mit Sicherheit wird er daraus lernen. Welcher Mann will schon eine Frau wie dich verlieren. Du bist das beste was man(n) haben kann. Du bist so bezaubernd, lieb, sympathisch und einfach umwerfend schön. Ich an seiner Stelle würde alles dafür tun, dass du bei mir bleibst. Verzeih ihm aber nur einmal. Das nächste Mal lass ihn gehen!", sagte er und blickte mir dabei tief in die Augen. Sehr tief! Ich bekam so ein mulmiges Gefühl im Bauch. Warum war er nur so lieb zu mir?

Wenig später fuhren wir wieder hinab und ich beschloss Henri zu besuchen, um ihn noch einmal zur Rede zu stellen. Ich dankte Mathieu tausendfach für diesen wundervollen Abend und machte mich auf den Weg zu Henris Wohnung.

Er machte mir ganz verheult die Tür auf. „Ich will noch mal mit dir reden.", sagte ich mit fester Stimme. Er deutete, dass ich eintreten solle. Immer wieder beteuerte wie leid es ihm täte. Seine Tränen liefen seine Wangen hinunter und er flehte mich an ihn nicht zu verlassen. Angeblich liebe er mich so.

Ob es stimmte, wusste ich nicht. Das einzige was ich wusste, war dass ich ihn liebte. Zärtlich legte ich meine Arme um seinen Hals und verzieh ihm. Allerdings würde es lange brauchen um ihm wieder zu vertrauen.

Er war sehr glücklich über meine Entscheidung und setzte alles daran, damit es mir wieder gut ginge. Die Erinnerungen blieben allerdings erhalten. Die konnte er nicht einfach löschen. Es war auch nicht wirklich einfach nicht eifersüchtig zu sein, denn Henri war kein Kind von Traurigkeit. Wie oft erzählte er mir von den festen Schenkeln seiner besten Freundin. Wie oft saß ich vor dem Spiegel und hasste meine Figur und mein Aussehen an sich.

Schon bald war es Freitag und das Wochenende nahte. Henris Eltern bestanden darauf, dass wir das ganze Wochenende blieben. So fuhren wir also Samstag morgen zu ihnen. Es war wie das letzte Mal. Wir aßen und gingen spazieren und abends schauten wir uns ein Video an.

Seine Mutter war nett zu mir wie immer. Sie gab mir das Gefühl zur Familie zu gehören. Sein Vater hingegen sagte kaum etwas. Gegen Abend kam ich an der Bibliothek vorbei und hörte einen lauten Streit zwischen Henri und seinen Vater. Es ging um seine studentische Zukunft, denn Henri wollte durchaus nicht die Laufbahn ergreifen die sein Vater wollte. Ich betrat den Raum und wollte Henri verteidigen. Plötzlich sah mich sein Vater mit einem bösen Blick an und sagte nur: „Halt dich da raus. Du bist nur seine Fickfreundin!"

Auf einmal war es still in der Bibliothek. Ich war geschockt. Was sollte das? Henri sagte nichts. Er verteidigte mich nicht einmal. Was hatte ich seinem Vater getan? Ich stellte ihn zur Rede, aber nichts geschah. Er hat sich bis heute nicht bei mir entschuldigt. Ich sah Henri an. Wie konnte er zulassen, dass jemand so was über seine Freundin sagte? Was sollte ich nun tun? Auf keinen Fall wollte ich fahren, denn dann hätte sein Vater erreicht was er wollte.

Ich blieb. Auch wenn es mir das Herz brach. Es hatte sich wohl noch nie jemand aus der Familie gegen den Vater gewehrt. Als „Belohnung" schenkte mir seine Mutter ein Buch.

In was für eine Familie war ich da nur geraten? Mein Freund ein Feigling, sein Vater ein scheinheiliger Arsch und seine Mutter eine Pseudopsychologin. Eine Familie mit einer unglaublichen Doppelmoral. Sie machten nicht nur mich, sondern auch Henri fertig. Seine Mutter unterstellte mir ständig ihn zu betrügen und dabei war es doch ihr Sohn der das getan hatte. Ihn nahm sie jedoch in Schutz. Was sollte ich tun? Ich fühlte mich schlecht. Abends ertappte ich mich dabei, wie ich mir den Finger in den Hals stecken wollte.

Ich war also eine Fickfreundin, und dabei war es doch ihr Sohn der mich jeden Tag wollte. Ihr Sohn hatte mich betrogen und nur mit seinem Schwanz gedacht, nicht ich.

In dieser Nacht lief nichts zwischen uns beiden. Ich konnte einfach nicht verstehen, dass er mich nicht verteidigt hatte. Dabei liebte er mich doch angeblich so sehr. Das würde ich ihm nicht verzeihen.

Am nächsten Morgen wurde ich mit Frühstück am Bett geweckt. Henri kuschelte sich dicht an mich und begann mich zu füttern. Ich beschloss mich nicht zickig anzustellen und gute Mine zum bösen Spiel zu machen. Also lächelte ich immer freundlich. Überhaupt tat die ganze Familie so als ob nichts gewesen wäre. Sein Vater war sehr nett zu mir und auch seine Mutter bezeichnete mich immer wieder als Schwiegertochter. Mein Gefühl sagte allerdings etwas anderes. Ich wollte unbedingt wieder nach Hause. Ich wollte wieder gewöhnliche Menschen um mich herum haben. Irgendwie vermisste ich meine Freunde und Mathieu mehr als jemals zuvor. Nach dem Mittag fuhren wir dann endlich wieder in die Stadt.

Zu Hause angekommen, schnappte ich mir als erstes mein Tagebuch. Ich war so enttäuscht. Dann beschloss ich Katherine, Enrique und Therese anzurufen, um mich mit ihnen in unserem Lieblingsbistro zu treffen.

Wir hatten einen wirklich lustigen Abend. So gelacht hatte ich die ganze letzte Zeit nicht mehr. Wir tanzten auf den Tischen, bis einer unter mir zusammenbrach. Zum Glück nahm es mir Pierre nicht übel. Ich war Marie, Spaßvogel und super Freundin.

Weihnachten

Die Wochen vergingen und es wurde immer kälter. Ich holte langsam meine dicken Handschuhe, Schals und Mützen heraus. Die Wohnung war schon weihnachtlich geschmückt und auch ein Baum war schon gekauft.

Ich liebe Paris um diese Jahreszeit. Es ist alles so wunderschön beleuchtet und es riecht überall so gut. Ich war gerade in der Stadt um eine Lichterkette für unseren Baum zu kaufen, als ich Mathieu traf.

Ich hatte ihn lange nicht gesehen und freute mich doppelt so sehr. Er lud mich zu einem Punsch ein, bei dem ich mir wie immer tierisch die Zunge verbrannte. Mathieu fand das natürlich sehr witzig. Wir gingen noch zusammen über den Weihnachtsmarkt und mampften gebrannte Mandeln, dann gingen wir getrennte Wege. Ich hatte noch viel zu tun, denn ich musste ja den Baum schmücken. Denise und ich wollten eine Weihnachtsparty für all unsere Freunde geben. Mathieu hatte leider schon was anderes vor. Mit Henri lief es zur Zeit ganz gut. Heilig Abend würden wir bei seinen Eltern verbringen, dabei hätte ich ihn lieber mal für mich gehabt.

Denise half mir beim Vorbereiten der Party so gut es ging. Ich versuchte verzweifelt die Lichterkette an den Baum zu bringen, als ich plötzlich einen Schlag bekam. Das war je wieder typisch. Jedes Jahr das gleiche Drama. Denise konnte sich vor Lachen kaum halten. Danach legten wir die Geschenke für unsere Freunde unter den Baum und freuten uns, dass das Packpapier so toll glitzerte. Das Essen und der Punsch waren fertig und die Wohnung geschmückt. Ich hatte sogar extra meine tollen Elch – Weihnachtssocken angezogen. Es fehlten also nur noch die Gäste. Da klingelte es auch schon an der Tür. Es war mein Dreierpack Enrique, Katherine und Therese. Irgendwann später kamen auch Henris Freunde. Nur Henri kam erst als fast alles vorbei war. Er musste zu Hause antreten. Es war wieder irgendwas mit seinem Vater. Irgendwie sah er auch ziemlich fertig aus als er kam. Den Gedanken, er sei bei einer anderen Frau gewesen, versuchte ich zu verdrängen. Dann war es Zeit für die Bescherung. Das große Gefledder begann, denn alle rissen natürlich ihr Papier kurz und klein. Ich bekam einen super Rentierpullover geschenkt. So richtig wusste ich zwar nicht was ich damit sollte, aber ich freute mich. Vom Punsch hatte ich schon ganz rote Wangen und er zog auch ganzschön. Ich schenkte Henri ein Video, welches er natürlich unbedingt sehen wollte als alle gegangen waren. Das war an sich auch eine gute Idee, nur so richtig begriff ich sie nicht mehr, denn für mich drehte sich der Boden zu sehr. Henri hätte auch sehr gerne noch mit mir geschlafen, aber daran war ja nun überhaupt nicht mehr zu denken.

Alles was er noch bekommen konnte war eine grunzende und selig schlafende Marie. Darüber war er am nächsten Morgen allerdings nicht so begeistert und sprach den halben Tag nicht mehr mit mir. Seine Freunde hingegen fanden mich cool und riefen auch öfter bei mir an. Auch das fand er allerdings nicht so witzig.

Wir räumten also am nächsten Tag gemeinsam die Wohnung auf und packten dann langsam die Sachen, um zu seinen Eltern zu fahren. Na, was sollte es schon. Diesmal war ich aber clever und beschloss, dass wir in getrennten Autos führen. So konnte ich verschwinden wann immer ich wollte. Stolz auf diesen Plan, stieg ich ins Auto und fuhr los.

Die Weihnachtsmusik in meinem Auto brachte mich so richtig in Stimmung. Aber auch Henri musste irgendwas in Stimmung gebracht haben. Urplötzlich hielt er auf einem Parkplatz an. Besorgt stieg ich aus. Er zog mich in sein Auto und wir liebten uns auf dem Rücksitz. Überhaupt liebten wir uns im Moment überall wo es nur ging. Auch wenn es schön war und es zu einer Beziehung gehörte, hatte ich doch das Gefühl, dass es das Einzige war, was er von mir wollte. Es war Weihnachten und alles war so schön, also verdrängte ich diesen Gedanken.

Bei seinen Eltern angekommen, rochen wir schon den leckeren Weihnachtsbraten. Als wir unser Gepäck abgelegt hatten, gingen wir essen. Die Stimmung zwischen mir und seinem Vater war wiedermal gespannt. Henri und seine Mutter versuchten alles zu überspielen und verzweifelt Weihnachtsstimmung zu verbreiten. Ich persönlich lächelte die ganze Zeit und versuchte einfach nur nett zu sein. Eben die liebe, kleine Schwiegertochter. Hinterher gingen wir in die Kirche. Da war alles friedlich. Als wir zurückkamen gab es die Bescherung. Natürlich bekam ihr Lieblingssöhnchen alles was er sich gewünscht hatte. Es war einfach unglaublich. Natürlich hatte ich auch Geschenke für seine Eltern. Es war sehr schwer welche zu finden, da vor allem sein Vater sehr kompliziert war. Natürlich ließ er es sich auch nicht nehmen mir zu zeigen, dass ihm sein Geschenk nicht gefiel. Seine Mutter hingegen übertrieb es total. Alles wirkte hier künstlich. Ich gab vor auf Toilette gehen zu müssen. Heimlich ging ich die Treppe hinauf und holte meine Sachen. Das Dienstmädchen schaute mich mitleidig an und half mir das Gepäck ins Auto zu packen! Schnell fuhr ich davon. Das war alles echt nicht mehr auszuhalten. Irgendwie ging es mir auf der Heimfahrt richtig gut. Ich nahm mir vor meine Eltern erst mal anzurufen und dann würde ich mir einen ganz romantischen Heiligabend machen. Denise war ja auch bei ihren Eltern, also hatte ich die ganze Wohnung für mich. Ich freute mich sogar darauf. Während der Fahrt klingelte mein Handy. Ich schaute kurz auf das Display. Es war Henri, der bestimmt wissen wollte wo ich war.

Natürlich ging ich nicht ran und wollte es auch den Rest des Abends nicht tun. In meiner Wohnung angekommen, reif ich meine Eltern an. Später meldeten sich sogar noch alle meine Freunde. Sie waren erstaunt darüber, dass ich allein war, aber nach meinen Erklärungen verstanden sie es.

Ich kochte mir Glühwein und machte es mir mit Lebkuchenherzen und „Schlaflos in Seattle" gemütlich. Der Film hatte so was festliches und trotzdem richtig zum weinen. Es war ein schöner Abend. Den Stecker zum Telefon zog ich raus und mein Handy machte ich aus. So konnte mich niemand erreichen. Selig schlief ich vor dem Fernseher ein.

Am nächsten Morgen hatte ich zehn neue Nachrichten auf meiner Mailbox. Sie waren alle von Henri. Er machte sich Sorgen. Eigentlich wusste er wo ich war, aber er zog es vor bei seinen Eltern zu bleiben. Tja, sein Pech! Ich spielte wirklich mit dem Gedanken ihn zu verlassen. Dieses Hin und Her war nichts für mich. Ich wollte jemanden der zu mir stünde und immer zu mir hielte, auch wenn es für ihn unangenehm würde. So ein Mann war Henri nicht. Er war viel zu abhängig von seinen Eltern. Henri tat alles was sie wollten. Es gab keinen Platz in seinem Leben für mich. Gerade in diesem Augenblick würden seine Eltern ganz bestimmt gegen mich hetzen und er würde jedes Wort glauben.

So war er eben. Einfach nur leicht beeinflussbar. Ein Mamasöhnchen vor dem Herren. Wahrscheinlich kam er jetzt nicht einmal auf die Idee mir nach zu fahren.

Es war auch müßig sich darüber Gedanken zu machen.

Ich beschloss mich anzuziehen und an der Seine spazieren zu gehen. Es war bitterkalt draußen und der Schnee fiel. Dick eingemummelt machte ich mich auf den Weg. Zuerst ging ich zur Sacre Coer und danach zur Notre Dame. Kirchen gaben dieser Jahreszeit immer einen besonderen Flair. Alle waren so lieb zu einem. Wenn man durch die Straßen ging, wünschten einem alle Menschen eine fröhliche Weihnacht. Die Kinder machten Schneeballschlachten und bauten Schneemänner. „Autsch!", ein dicker Schneeball traf meinen Kopf. Verwirt drehte ich mich um. Da stand ein ganz besonders albernes Kind. Es sah aus wie Mathieu. Ja, es war Mathieu. Er war mit seiner kleinen Schwester unterwegs. „Was machst du? Mann, das gibt doch eine riesen Beule!", sagte ich grinsend. Als Trost nahm mich Mathieu in den Arm. „Warum bist du nicht bei deinem Freund? Was machst du hier?", fragte er erstaunt. Ich erzählte ihm die ganze Geschichte. Er versuchte mich mit einem kandierten Apfel zu trösten. Den ganzen Tag verbrachten wir drei zusammen. Mathieus Eltern waren in der Stadt und blieben noch bis Silvester. „Warum verbringst du nicht den Abend mit uns? Meine Eltern hätten bestimmt nichts dagegen. Sie freuen sich immer neue Leute kennen zu lernen. Komm schon, gib dir einen Ruck!"

Seine kleine Schwester hatte mich so fest in den Arm genommen, dass ich erstickt wäre wenn ich es abgelehnt hätte.

„Okay, ich komme mit! Aber nur einen Abend!" Beide freuten sich ganz doll. Mathieus Eltern freuten sich tatsächlich sehr mich kennen zu lernen. Es war so schön. Seine Mama kochte Frikassee und wir sangen und aßen gemeinsam und tranken heißen Kakao oder Glühwein. Hier fühlte ich mich wohl. Mathieus Eltern waren herzlich und seine kleine Schwester wollte mich sofort adoptieren. Ich dachte nicht einen Moment an Mathieu. Es ging mir einfach nur gut. So viel hatte ich selten gelacht in der letzten Zeit.

Am Abend brachte mich Mathieu nach Hause. Er hatte mir zwar angeboten bei hm zu bleiben, aber ich wollte lieber in meinem Bett schlafen. Zu Hause angekommen hörte ich erst mal den Anrufbeantworter ab. Hm, es gab keine neuen Nachrichten. Ob Henri mich schon vergessen hatte? Vorsichtshalber beschloss ich kurz bei ihm anzurufen und aufzulegen wenn er den Hörer abnahm.

Es ging allerdings niemand ans Telefon. Wer weiß wo Henri war. In einem Bett wahrscheinlich. Ich wollte auch gar nicht erst wissen in wessen. Außerdem hatte ich so einen tollen Abend und war innerlich so zufrieden, dass ich es vorzog nicht mehr darüber nachzudenken und lieber ins Bett zu gehen.

Ich hatte einen wirklich seltsamen Traum in dieser Nacht. Ich hatte ein weißes Kleid an und ein wunderschöner Mann stand neben mir. Ich wusste, dass ich ihn kannte, aber mir fiel nicht ein wer er war. Die Badewanne war voller Rosen und überall waren Menschen. Es war meine eigene Hochzeit.

Jäh wurde ich am nächsten Morgen aus meinem Traum gerissen, als es an der Tür klingelte.

Langsam schob ich mich zur Tür und öffnete einen Spalt. Ein verzweifelt aussehender Henri schob sich durch den Türspalt.

„Was willst du?", fragte ich ihn sauer. „Ich habe dich gesucht. Gestern warst du nicht zu Hause und ich konnte dich auch nicht finden. Wo warst du nur?"

„Das tut nichts zur Sache. Also, was willst du?", fragte ich erneut.

„Es war nicht fair, dass du gegangen bist. Du hast mich allein gelassen.."

„Ooooooohhhhhhhhh, großer Irrtum! Ich glaube eher du hast mich allein gelassen. Du hast nicht einmal zu mir gestanden als es darauf ankam. Du hast es zugelassen, dass deine Eltern mich fertig machen. Wahrscheinlich bist du auch noch stolz darauf.", unterbrach ich ihn.

„Es tut mir so leid, ehrlich! Ich habe nachgedacht und du hast recht. Ich bin sein Arsch. Das schlimmste auf der Welt wäre dich zu verlieren. Ich liebe dich so und will alles dafür tun, um es dir zu beweisen."

Er nahm mich dabei so zärtlich in den Arm, dass es mir unmöglich war es abzulehnen.

„Das ist deine letzte Chance! Nutze sie!"

Dann versanken wir in tiefen Küssen. Den Rest des Tages verbrachten wir im Bett.

Ferien

Die nächsten Wochen verbrachten wir ständig gemeinsam. Keine Sekunde waren wir getrennt. Silvester und mein Geburtstag vergingen viel zu schnell. Jetzt war es wieder Zeit für die Uni. Es war Prüfungszeit. Zwei Wochen voller Stress und Disharmonie.

Henri lernte natürlich wie immer die ganze Zeit für die Klausuren. Ich musste nebenbei noch arbeiten und hatte daher nicht die Muße so sehr wie er für die Uni zu lernen.

Es war wie immer, nun wollte er mich nicht sehen.

Ich dagegen wollte ihn schon sehen, aber das interessierte ihn nicht wirklich. Oft stritten wir uns deswegen, aber es kam nichts dabei raus. Henri beharrte darauf die ganze Zeit für die Uni zu lernen.

Ich dagegen beschloss zu arbeiten, zu lernen und mich auch noch mit meinen Freunden zu treffen. Das klappte sehr gut und ich war auch nach den Prüfungen nicht so fertig wie er. Es ging mir gut und irgendwie vermisste ich ihn auch nicht sehr.

Nach den Prüfungen war ich natürlich wieder in und Henri versprach mir, einen Urlaub zu unternehmen.

Wir wollten ans Meer fahren, um uns mal richtig zu erholen. Zwar sollte es nur übers Wochenende sein, aber immerhin etwas.

Als er mir diesen Vorschlag machte, sah er mich zärtlich an und sagte: „ Wir können uns doch in Cannes verloben! Was hältst du davon? Wäre das nicht schön?"Ich konnte mein Glück nicht fassen und stimmte einfach nur zu. Voller Erwartungen freute ich mich auf den Urlaub. Ich war schon gespannt wie wohl der Ring aussehen würde.

Wir machten uns auf den Weg nach Cannes. Schon die Hinfahrt war lustig. Wir verstanden uns wirklich gut. Mit dem Auto war es ziemlich weit bis zum Hotel und so fuhren wir die halbe Nacht durch. Wir hörten Musik und sangen mit.

Im Hotel angekommen, bekamen wir das wohl schönste Zimmer im ganzen Haus. Es war mit Meeresblick und wunderbar weichen Betten. Ich liebte es. Alles war traumhaft. Der Hafen war ein Gedicht und erst dieses wundervolle Wasser. Ich ließ mich malen und abends lagen wir mit Schlafsäcken am Strand und sahen den Fähren zu wie sie in den Hafen ein- und ausliefen. Wir küssten und liebten uns die ganze Zeit und es war schöner und zärtlicher als zuvor. Niemand störte uns. Es gab keine Eltern die uns bevormunden konnten und auch sonst niemand der uns Moralpredigten hielt.

Wir warten so verliebt ineinander wie niemals zuvor. Alle Zweifel waren verschwunden. Ja, ich liebte ihn. Es war ganz klar, dass wir zusammen gehörten. Wie sollte es auch anders sein? Wir waren einfach ein Traumpaar. Henri umsorgte mich und machte mir Geschenke. Die ersten Tage waren jedenfalls die schönsten der Welt, dann änderte sich alles. Irgendwie veränderte er sich über Nacht. Er war so zwiespältig. Plötzlich taten wir nur das was Henri wollte und er nahm auf mich gar keine Rücksicht mehr. Er war egoistisch und hatte kein bisschen Verständnis mehr für mich. Was war geschehen? Was hatte ihn plötzlich so verändert? War es die Uni oder war er wirklich ein Arsch? Ja, ich glaube er war ein Arsch. Was sollte ich machen? Einfach nach Hause konnte ich nicht fahren. Cannes war zu weit von Paris entfernt. Es blieb mir also nichts weiter als die restlichen Tage mit ihm zu verbringen. Ich hasste ihn, ja, ich hasste ihn. Zurück in Paris, würde ich mich trennen. Na ja, wie oft hatte ich das schon gesagt, zwanzig Mal? Irgendwann muss es ja mal klappen. Wieso nicht diesmal?

Am letzten Tag hatten wir noch mal richtig Spaß, aber ich wollte dennoch unbedingt nach Hause. Es war die Hölle für mich mit ihm zusammen zu sein. Nach dem Mittag, er musste jeden Tag seine geregelten Mahlzeiten haben, sonst war er unerträglich, fuhren wir nach Hause.

Es gab keine Verlobung und ich verstand das alles nicht. Warum hatte er das gesagt? „Henri, warum haben wir uns nicht verlobt? Du hast es doch versprochen. Hast du es dir anders überlegt? Warum?", fragte ich ihn höflich. Er warf mir einen ungläubigen Blick zu. Irgendwie verstand er nicht was ich sagte. Fragend sah ich zurück. „Ich meinte das eigentlich als Scherz. Ich habe das nicht so gemeint. Du verstehst das doch bestimmt." „Das ist doch nicht dein ernst, oder? Wie kann man denn mit so was Scherze machen? Was bist du eigentlich für ein Arsch?" „Jetzt mach doch nicht son Drama daraus! Irgendwann heirate ich dich schon. So nach der Uni." Ich war fassungslos. Das konnte doch nicht wahr sein. Das konnte er nicht so meinen. Ich war so enttäuscht.

Auf der Autobahn redeten wir schon kaum miteinander. Es lief nur das Radio und ich schlief ein.

Irgendwie träumte ich von Mathieu. Er war sehr lieb zu mir und es machte mir Spaß mit ihm zusammen zu sein.

Anscheinend musste ich im Schlaf sehr glücklich aussehen, denn Henri reagierte sehr erschrocken, als ich seine Küsse im Auto nicht erwiderte. Er musste wohl gedacht haben, ich träumte von ihm. Fakt war jedoch dass ich nicht mehr von Henri angefasst werden wollte. Ich brauchte Abstand von ihm und seinem Gefasel. Es war mir zuviel jeden Tag sein Gesicht zu sehen. Es war mir zuviel mit ihm Sex zu haben. Es war mir einfach alles zuviel.

Ob ich ihn hasste? Ich wusste es nicht. Vielleicht war es eher Mitleid mit ihm, weil er so war wie er war. Henri war unfähig mit ganzem Herzen zu lieben. Er war unfähig über Gefühle zu reden und sie zu zeigen. Ich brauchte jemanden der zu mir hielt und bei mir war wenn ich ihn brauchte. Henri war nicht wirklich für mich da. Wenn ich zum Beispiel zum Lernen seine Hilfe brauchte, war er nicht da. Henri lernte für sich, aber er gab sein Wissen nie an andere weiter. Er half mir nicht, sondern er verbesserte mich immer nur auf eine klugscheißerische Art und Weise, die echt nervte. Tja, letztendlich war nicht wirklich viel Gutes an ihm.

Als ich noch so darüber nachgrübelte, waren wir schon zu Hause. Ich holte meine Sachen aus dem Kofferraum und ging schnurstracks in meine Wohnung. Henri wollte mir folgen, aber ich zog mich mit Kopfschmerzen aus der Affäre. Erst mal wollte ich meine Ruhe. Ich schmiss den Kamin in meinem Zimmer an und schrieb Tagebuch.

Später klopfte es an der Tür und Denise kam herein. Wir redeten über den Urlaub und sie empfahl mir auch ganz klipp und klar mich zu trennen.

Irgendwie hatte sie ja auch recht, aber ich wusste selber nicht so genau was ich wollte. Es war so seltsam; wenn Henri nicht bei mir war vermisste ich ihn, aber wenn ich ihn dann traf, hatte ich unheimliche Aggressionen. Am liebsten hätte ich laut geschrieen. Hatte ich mir nicht schon genug gefallen lassen? Warum hörte ich nicht auf meinen Kopf? Es ist ziemlich doof, wenn Kopf und Herz gegeneinander kämpfen. Es stimmte was alle sagten, ich hatte mich verändert. Ich lachte nicht mehr soviel wie früher. Ich war oft traurig und hatte seit geraumer Zeit einen unheimlichen Taschentuchverbrauch. Männer und Taschentücher liegen so dicht beieinander. Bestimmt war ich kein trauriger Mensch, aber plötzlich war ich voller Selbstzweifel, Komplexen und furchtbaren Gedanken. Wollte ich wirklich so sein? Ich war doch sonst so lebenslustig und optimistisch. Ich wollte so nicht sein. Überhaupt lief alles schief seitdem es Henri gab. Erst recht nach der Sache mit Henris Eltern und der Sache mit der dummen Tussi. Vielleicht war es besser mich eine Weile zurückzuziehen. Genau, dies war eine gute Idee. Morgen würde ich es ihm sagen. Bis dahin wollte ich schlafen.

Auszeit

Henri und ich trafen uns am nächsten Tag im „Chez Pierre" um zu reden. Er sagte mir, dass er mich liebte und ich mit ihm zu seinen Eltern fahren sollte, um ein wenig Urlaub zu machen. Irgendwie hatte er nichts verstanden. Ich wollte nicht mehr zu seinen Eltern. Ich hasste seine Familie so abgrundtief. Wie immer versuchte er auf mich einzureden, mich wie immer zu bevormunden. Er behandelte mich wie ein kleines Kind das noch nicht allein denken und handeln konnte. Ich wurde sauer. Die Wut stieg in mir hoch und dann sagte ich ihm, dass ich zwei Wochen Ruhe vor ihm haben wollte. „Warum denn? Wir sind doch so glücklich. Hat dir denn der Urlaub nicht gefallen? Ich mach doch alles für dich.", sagte Henri verzweifelt.

Was sollte ich dazu noch sagen? Ich ließ ihn einfach sitzen und ging nach Hause.

Pfeifend lief ich auf die Straße. Es ging mir irgendwie ziemlich gut. Irgendwie war ich frei. Ich hatte kein Mitleid mit ihm. Er hatte es verdient und es war meine Art von Rache an ihm.

Ich packte seine Sachen zusammen und alles was mich an ihn erinnerte. Danach rief ich Therese an und wir verabredeten uns zum Sport. Das hatten wir schon lange nicht mehr getan. Es machte riesen Spaß. Hinterher jagte mich Therese noch zum Friseur. Ihrer Meinung nach sollte ich mich gleich ganz verändern. Warum auch nicht, denn schließlich war ich wieder so gut wie Single. Es ging mir so gut. Henri hingegen heulte sich erst mal bei seinen Eltern aus. Woher ich das wusste? Seine Mutter reif mich eines abends an und bat mich darum es mir doch noch einmal zu überlegen. Warum sollte ich das tun? Überhaupt schienen alle sehr interessiert an unserer derzeitigen Situation zu sein, denn auch seine Freunde riefen mich an und fragten nach. Ich war mir gar nicht so sicher, dass Henri allein war. Ich war mir eher sicher, dass er zu Vanessa gegangen war. Der Gedanke tat mir weh. Ich musste jetzt aber stark sein und durfte nicht weich werden. Innerhalb der zwei Wochen verlor ich ganze fünf Kilo. Die Sportaktivitäten und die Solariumsbesuche häuften sich. Außerdem lernte ich viele Typen kennen, die mir ziemlich gut gefielen. Ich traf mich auch öfter mit Mathieu und genoss es in vollen Zügen. Eines abends nach dem Kino zog er mich fest an sich und küsste mich. Es war ein leidenschaftlicher und langer Kuss. Ich hatte so ein warmes Gefühl im Bauch. Ich hatte dieses Gefühl immer bei ihm. Was sollte das? Wollte mir mein Bauch einen Streich spielen, oder war ich einfach nur verliebt in ihn? So richtig war ich noch nicht bereit darüber nachzudenken. Es waren auch bestimmt nur die

Ereignisse der letzten Tage, die mich so verwirrt hatten. Trotz allem machte es mich glücklich.

Zwei Tage vor Ablauf der Frist rief mich Mathieus beste Freundin an. Sie lud mich zu einer Feier ein, die am sogenannten Tag X stattfinden sollte. Ich sagte einfach zu, denn so richtig Lust hatte ich nicht darauf Henri allein zu sehen. Er hatte sich tatsächlich die festgesetzten zwei Wochen nicht gemeldet. Ich wusste nicht genau wie es werden würde, aber ich beschloss mich so aufzustylen, dass es ihm die Sprache verschlagen würde.

Gesagt, getan! Ich traf mich vorher noch mit Katherine und trank noch ein paar Gläschen Sekt mit ihr.

Ehrlich gesagt fehlte er mir schon ein bisschen, aber die Ereignisse der letzten Zeit hatte mir einfach zu sehr zugesetzt. Sollte ich uns noch eine Chance geben? Sollte ich mir das alles weiterhin gefallen lassen?

Während ich noch darüber nachdachte, war ich schon bei der Feier angekommen. Mir schien, dass Henri mich erwartet hatte. Als ich klingelte, öffnete er die Tür. Mit traurigen Augen blickte er mich an und brachte ein schüchternes: „Hi!" heraus. Ich freute mich ihn wieder zu sehen. Im Laufe des Abends kamen wir wieder öfter ins Gespräch und verstanden uns eigentlich ganz gut. Er gab vor sich geändert und über alles nachgedacht zu haben. Auch habe er sich wohl nicht mit Vanessa getroffen. Er sagte dass ich ihm fehle und er meine Streicheleinheiten vermisste. Das waren alles liebe Komplimente, aber sollte ich sie ihm glauben? Für diesen Abend beschloss ich es zu glauben. Gegen Mitternacht beschlossen wir noch ins Kino zu gehen. Warum sollten wir das auch nicht tun? Wir sahen uns nen Film mit Bruce Willis an, aber bekamen nicht so viel davon mit, da wir die ganze Zeit mit uns beschäftigt waren. Wir erzählten uns was wir die letzten zwei Wochen getan haben und es kam heraus, dass er sich wirklich bei seinen Eltern aufgehalten hatte. Wer weiß was sie ihm erzählt hatten. Wahrscheinlich hatte er mich auch wieder nicht großartig verteidigt.

Er machte schon Anstalten als ob es ihm leid täte. Ich sagte ihm, dass ich es langsam angehen lassen wollte. Es war seine letzte Chance und wenn er die vergeigte, würde es vorbei sein. Ich weiß nicht was mich hielt. Er war ein Arsch. War es das was mich faszinierte? Vielleicht war ich ja auch so ne Tussi die auf Machos stand. Eigentlich ja nicht, aber irgendwas musste es ja sein. Vielleicht wusste ich auch selber nicht was ich wollte.

Jeden Tag schrieb er mir seitdem mindestens eine sms und bettelte um meine Liebe. Er wollte nur mich und mich niemals verlieren. Tja, in dieser Situation sagt das ja wohl jeder.

In den nächsten Tagen gingen wir zusammen schwimmen und ins Kino. Wir verbrachten Zeit miteinander und hatten eigentlich auch Spaß. Unsere Nächte waren romantisch und wir sprachen über die Dinge die wir aneinander nicht mochten. Er fand an mir nicht so viele Dinge wie ich an ihm. Das war mir irgendwie peinlich. Henri war ja so verliebt und irgendwie hatte ich das Gefühl als würde er jetzt ernsthaft an sich arbeiten. Henri kochte sogar für mich und als ich eine wirklich böse Grippe hatte, kochte er Tee und sorgte für mich. Anscheinend war es ihm ernst.

So leicht sollte er mich allerdings auch nicht bekommen, denn schließlich hatte er mich ja verletzt.

Jeden morgen stand auch irgendeine Kleinigkeit vor der Tür oder ich fand Postkarten oder Briefe im Postkasten.

Wir traten auch wieder gemeinsam bei unseren Freunden auf. Die sahen das alles aber ein wenig anders. Alle redeten auf mich ein, ich solle mich doch endgültig von ihm trennen. Es würde nicht auf Dauer gut gehen und seine Veränderung würde nicht lange anhalten. Mochte sein dass sie recht hatten aber woher sollte ich es wissen wenn ich es nicht probierte? So schlug ich alle Warnungen in den Wind und ließ mich weiter auf dieses Experiment ein. Dennoch dachte ich mehr an Mathieu als mir lieb war. Immer hatte ich dieses warme Gefühl im Bauch und es ging mir so gut bei ihm. Wollte mir mein Bauch etwas damit sagen?

Nein, ich durfte nicht! Henri war mein Freund und er sollte es auch bleiben. Schließlich lief alles gut zur Zeit, warum sollte ich daran was ändern?

Unsere Abende waren ein Traum. Wir zündeten Kerzen an und kuschelten auf dem Bett miteinander. Dann küssten wir uns leidenschaftlich und Henri begann meinen Körper zu streicheln und zu küssen. Seine Küsse waren wie Balsam auf meiner Haut. Ich spürte wie gut es mir tat und wie sehr er mich anmachte. Dann begann er mich auszuziehen und dabei küsste er mich immer weiter und überall. Dann begann er mich zu streicheln und mich französisch zu küssen. Dann liebten wir uns ganz tief und innig.

Allerdings taten wir das nicht nur einmal in einer Nacht, sondern öfter. Wir taten es überall, in der Küche, Dusche und im Auto. Es war richtig schön. Der Sex war das einzige wobei ich mich richtig geliebt fühlte. Die Lösung konnte dies also auch nicht sein.

Wendungen

In der Uni lief es noch immer nicht so gut und überhaupt hatte dieses Semester ja ziemlich dumm begonnen. Obwohl Henri jetzt mit mir lernte, hatte ich noch immer keine Ahnung. Wie sollte das nur weiter gehen?

Überhaupt ging es mir seit einiger Zeit nicht so gut. Ich hatte ständig Bauchweh und übel war mir auch. Wahrscheinlich hatte ich mich böse verkühlt. Außerdem hatte ich auch noch Stress auf der Arbeit und der tat auch noch sein übriges dazu. Denise machte sich Sorgen. Sie empfahl mir zum Arzt zu gehen. Ich allerdings hatte darauf keine Lust. Ich hasse nämlich Ärzte. Allerdings war es wirklich nicht so lustig und deshalb ging ich erst mal zu meiner Frauenärztin. Sie hatte da so einen Verdacht und machte erst mal einen Schwangerschaftstest. Das waren die schrecklichsten Minuten meines Lebens. Vergeblich versuchte ich mich abzulenken. Ich rannte wie ein aufgescheuchtes Huhn durch die Praxis. Meine Ärztin versuchte vergeblich mich zu beruhigen. Sie zeigte mir Babyphotos und erzählte mir welche Unterstützungen es für junge Mütter gab. Selbst sie würde mir zur Seite stehen. Das beruhigte mich schon etwas aber noch nicht endgültig. Dann war es so weit. Das Ergebnis war da! Dummerweise fiel der Test positiv aus. Panik machte sich in mir breit!!!!!!

Was sollte ich denn bloß mit einem Kind? Was würde Henri   dazu sagen? Ich hatte keine Ahnung was ich tun sollte. Wahrscheinlich würde er mich verlassen, denn ein Kind passte gerade überhaupt nicht in seinen Plan. Was würden seine Eltern tun, und vor allem meine Eltern. Andererseits hatte ich mir schon seit einiger Zeit ein Kind gewünscht und es wäre eine echte Aufgabe für mich. Es blieb mir also nichts anderes übrig als erst mal mit Henri zu reden.

Ich wollte es ihm schonend beibringen und lud ihn ins Kino ein. Während des Films flüsterte ich ihm eine leises: „Ich bin schwanger!", ins Ohr.

Irgendwie hatte dies nicht den gewünschten Effekt, denn anstatt sich zu freuen, sah er mich verwundert an und fragte: „Von wem?"   „Blöde Frage! Von dir natürlich.", antwortete ich ärgerlich. Was hatte der denn erwartet? Sollte ich die ganze Zeit durch die Gegend poppen? Es war mir schon klar, dass sich seine Freude in Grenzen halten würde, aber so schlimm hatte ich es mir nicht vorgestellt. Er stand auf und ging. Was sollte das jetzt? Ich war verwirrt. Was hatte ich denn getan? Schließlich hatte ich es ja nicht allein gezeugt.

Ich blieb noch eine Weile sitzen bevor ich das Kino verließ und mich auf den Weg zu Therese machte.

Unterwegs kamen mir die Tränen. Ich hatte mir gewünscht, dass er mich in die Arme nahm und sagte, dass alles wieder gut werden würde. Das alles tat aber nun Therese stellvertretend für Henri.

Sie hielt mir keine Predigt. Sie nahm mich einfach nur in den Arm und war lieb zu mir. In dieser Nacht schlief ich bei ihr. In meinem Traum bekam ich ein kleines, süßes Mädchen. Sie lächelte mich an und nannte mich ihre Mama.

Dann plötzlich kam Henri und nahm sie mir weg. Einfach so.

Schweißgebadet wachte ich auf. „Ganz ruhig, es ist alles in Ordnung. Hast du Schmerzen?", fragte Therese besorgt. „Nein, es ist alles gut! Ich habe nur schlecht geträumt.", entgegnete ich.

Therese sah mich mitfühlend an. Sie nahm mich in den Arm und erzählte mir eine Geschichte. Dann schlief ich wieder ein und der Traum war weg. Wie ein Baby schlief ich die Nacht durch.

Am nächsten Morgen waren alle Zweifel beseitigt. Ich wollte dieses Kind bekommen. MitThereses Hilfe rief ich meine Eltern an, um es ihnen zu erzählen.

Sie freuten sich sogar darüber. Damit hatte ich ja nun absolut nicht gerechnet, aber es war schön. Vor allem mein Vater freute sich über Nachwuchs, obwohl er vielleicht ein wenig Angst um seine Modelleisenbahn hatte. Mama und Papa boten mir alle Hilfe an. Sie waren sogar bereit für einige Zeit nach Paris zu kommen, aber erst wenn meine Urlaubssemester vorbei war.

Vorher wollte ich natürlich zurück nach Kanada, denn irgendwie war mir klar, dass mein Kleines ohne Vater aufwachsen würde. Wozu brauchte ich auch Henri? Ich war erfahren im Umgang mit Kindern und war geduldig. Ich brauchte niemanden. Er würde mich auch nur bevormunden.

Freudestrahlend ging ich zur Uni. Ich Marie, Freundin und Traummutter. Irgendwie fühlte ich mich auch schon richtig schwanger. Es war ein wunderbares Gefühl. Natürlich war es schon traurig, dass nicht Richard Chamberlain, sondern Henri der Vater meines Kindes war.

Natürlich kam ich nicht umhin Henri in der Uni zu sehen. Er lächelte mich lieb an und kam auf mich zu. Seine Augen baten mal wieder um Verzeihung. Er nahm mich in den Arm und drückte mir einen Kuss auf die Wange. „Ich muss mit dir reden! Komm mal mit in die Mensa!", sagte er liebevoll und zog mich mit sich. Sicher würde er mich jetzt um Verzeihung bitten und mir sagen wie sehr er sich auf unseren Nachwuchs freute. Alles würde wieder gut werden. „Hör mal Liebling, ich habe gestern noch mit meinen Eltern telefoniert und ihnen von unserem Baby erzählt!." Jetzt gleich würde er mir sagen, dass sie und er sich total freuten. Ich war so glücklich. „Jedenfalls meinte meine Mutter, dass man jetzt noch abtreiben könnte." Was? Meine Wolke krachte ganz gemein zusammen. Ich hatte mich bestimmt nur verhört. „Was sagst da? Ich glaub ich habe mich verhört.", sagte ich entsetzt. „Sieh mal, ich bin noch viel zu jung dafür. Nach dem Studium können wir ja noch mal darüber reden. Ich will es eben nicht. Was soll's, du kannst noch viele Kinder haben.

Wirklich, es ist besser und ich komm auch mit wenn du es abtreibst." „Was erzählst du da?", hörte ich plötzlich eine Stimme sagen. Es war Therese, die alles mitangehört hatte.„ Was bist du denn fürn Arsch? Hast du überhaupt eine Ahnung davon was ne Abtreibung für eine Frau bedeutet? Vielleicht kann Marie danach nie wieder schwanger werden. Lässt dich das so kalt? Du bist echt das Letzte. Komm Marie, das musst du dir nicht weiter anhören. Wir gehen!" So richtig bekam ich das alles gar nicht mit. Ich war so entsetzt. Abtreibung, wie konnte er das Wort nur sagen? „Warte noch kurz!", sagte ich. Ich wusste nicht mehr genau wie ich es tat, aber ich versetzte Henri ein wundervolles, blaues Auge. Stolz auf mich, machte ich mich davon.

Unterwegs bekam sich Therese immer noch nicht ein. Sie blubberte immer vor sich hin und benutzte dabei Worte, die ich hier besser nicht nenne. Das alles musste ich erst mal verarbeiten. Wie konnte Henri so was sagen? Wie konnte er es überhaupt ernsthaft in Erwägung ziehen? War das seine Form von Liebe? Waren das seine Gefühle? Bestimmt würde er mich heute Abend anrufen und sagen, dass er es nicht so meinte. Mir war klar, dass ich mich damit selbst belog, aber in diesem Moment half es mir.

Lange hielt es jedoch nicht an, denn zu Hause angekommen klingelte bereits das Telefon. Eine verzweifelte Mutter versuchte auf mich einzureden. Henris Mutter versuchte mir zu erklären wie sehr doch seine Zukunft darunter leiden würde. Dachte eigentlich irgendeiner dieser bescheuerten Egoisten mal an mich? Schließlich gab es mich auch noch.

Es ging mir schlecht und irgendwas in mir begann zu zerbrechen. Ich streichelte über meinen Bauch und träumte davon wie schön doch alles hätte sein können.

Dabei beschloss ich Mathieu anzurufen. Sicher würde er mich verstehen. Unsicher wählte ich seine Nummer. Es klingelte und er nahm den Hörer ab. Seine Stimme klang erfreut darüber mich zu hören.

Er sagte wie sehr er mich vermisste und dass er immer für mich da sei. Das berührte mich so sehr, dass ich anfing zu weinen. Unter Tränen erklärte ich Mathieu meine derzeitige Situation. Erstaunlicherweise verstand er mich und regte sich mindestens genauso über Henri auf wie ich. Wir verabredeten uns noch für diesen Abend. Im Kino nahm er mich in den Arm und streichelte über meinen Bauch: „Es wird bestimmt ein wunderschönes Kind, auch wenn Henri der Vater ist." Lächelnd sah er mir in die Augen. Da waren sie wieder, die Schmetterlinge. Ich wollte so sehr, dass er mich küsste, aber durfte ich das? Scheißegal, ich wollte es und sehnte mich so nach ihm. Der Kuss war leidenschaftlich und sogar mehr als das. Ich liebte ihn, ja ich liebte ihn, aber das durfte er niemals erfahren.

Nach dem Film brachte mich Mathieu nach Hause. Jetzt wusste ich, dass er immer für mich da sein würde.

In meinem Herzen würde es nicht Henris sondern Mathieus Baby sein. Das war ein wunderbarer Gedanke und selig schlief ich ein.

Schon früh am Morgen klingelte es an der Tür. Ein großes Plüschtier schaute mich an. „Es tut mir leid, Baby!", sagte ein heulender Henri vor der Tür. Angeblich war er nicht Herr seiner Sinne und überhaupt freute er sich total auf das Kind. Alles sei nur ein Missverständnis gewesen.

Ich zog es vor die Tür zuzuschlagen. Dabei holte ich so sehr Schwung, dass es im Bauch zog., dachte ich zumindest. Allerdings wollte der Schmerz einfach nicht aufhören. Es tat so weh, dass ich zusammenklappte. Zum Glück war Denise da.

Als ich wieder aufwachte, war ich in einem hellen Raum und neben mir piepste es. Denise hatte mich ins Krankenhaus bringen lassen. „Wo ist mein Kind?", fragte ich erschöpft. Denise saß neben mir und hielt meine Hand. Traurig sah sie mich an: „ Du hast das Kind verloren. Es tut mir so leid Kleines!" Ich konnte es nicht fassen. Bestimmt hatte sie sich geirrt. Tränen liefen meine Wangen hinunter: „ Das ist nicht wahr. Bestimmt hast du dich verhört." Denise fing ebenfalls an zu weinen. Diese Antwort war eindeutig. „Es war die Aufregung und der ganze Stress. Es ist nicht deine Schuld. Ich weiß wie sehr du dich darauf gefreut hast." Sie nahm mich ganz fest in den Arm. es war ein schönes Gefühl, dass sie für mich da war. „Ich hab dich so lieb, Denise! Danke für alles!" „Schon gut Kleines. Ich habe dich auch sehr lieb! Wir schaffen das zusammen. Wir alle, du, ich, Therese, Enrique, Katherine und Henri."

Henri, dieser Name ließ Wut in mir aufsteigen. ER war an allem Schuld. Dann versank ich wieder in tiefem Schlaf.

Am Abend besuchten mich noch alle meine Freunde. Sogar Mathieu kam vorbei. Er machte sich große Sorgen. Lange saß er an meinem Bett und schaute mich an. Er redete mit mir über ganz andere Dinge. Seine Eltern ließen mich grüßen und seine kleine Schwester vermisste mich sehr. Wir beschlossen sie so bald wie möglich zu besuchen. Ich wollte mit ihr spielen und toben. Ich war froh darüber dass er da war. Ich fand es schön, dass er zu mir stand, obwohl er es ja nicht musste. Mathieu war so lieb zu mir und seine Nähe tat mir gut.

Auch Henri erkundigte sich nach mir. Ich hatte keine Lust darauf ihn zu sehen. Ich war wütend, so richtig wütend. Schließlich kam er mich dennoch besuchen. Er war kein wenig traurig. Die ganze Zeit erzählte er mir, dass es besser so sei und wie sehr er mich liebte. Alles leeres Gewäsch. Wie konnte er mich lieben und sich gleichzeitig über den Verlust unseres Kindes freuen? Was für eine doppelte Moral war das?

Der Arzt hatte mir vollkommene Ruhe verordnet, also verbrachte ich den Rest der Woche im Bett!

So richtig trat bei mir aber keine Ruhe ein und deshalb beschloss ich nach Kanada zu meinen Eltern zu fahren.

Therese begleitete mich, während Denise, Katherine und Enrique auf alles aufpassten.

Henri hatte sich zwischendurch sehr oft gemeldet und tat sehr besorgt. Er sollte auf keinen fall erfahren wohin ich fuhr. Mathieu hingegen durfte es erfahren und fuhr uns zum Flughafen. Er war sehr traurig, doch zum Abschied schenkte er mir eine wunderschöne Halskette, damit ich an ihn denken konnte. Ich war sehr gerührt und ein paar Tränchen liefen die Wange hinunter.

Dann wurde unser Flug aufgerufen und schon bald waren wir verschwunden.

Wenige Stunden später landeten wir in Kanada bei strahlendem Sonnenschein. Meine Eltern holten mich vom Flughafen ab und weinten sogar ein bisschen weil sie sich so freuten mich zu sehen.

Therese wurde auch sofort in den Kreis der Familie aufgenommen. Es war so schön und ich fühlte mich so richtig wohl. Zu Hause angekommen verwöhnten mich alle wie ein kleines Kind, so wie früher. Wir hatten uns alle viel zu erzählen. Vor allem mit meiner Mama sprach ich ausführlich über mein Baby. Sie war sehr traurig über die ganze Geschichte und ziemlich sauer auf Henri. Allerdings machte sie mir auch sehr viel Mut und sah optimistisch in die Zukunft.

Am selben Abend saßen wir noch alle zusammen und sahen uns Familienbilder an. Therese amüsierte sich total und hielt sich den Bauch vor Lachen. Es war auch zu komisch. Bald ließen uns meine Eltern allein und Therese und ich saßen noch lange vor dem prasselnden Kamin.

Wir hatten schon ziemlich viel Wein intus und lachten und plapperten wie aufgescheuchte Hühner.

So was hatten wir schon lange nicht mehr getan. Erschöpft fielen wir an diesem Abend ins Bett.

Am nächsten Tag machten wir uns auf Montreal zu erobern. Ich zeigte ihr meine ehemalige Schule und die tollsten Geschäfte und Cafes. Nicht einen Gedanken verlor ich an Henri. Ich blühte auf wie ein kleines Gänseblümchen.

Wir gingen in die Museen und ins Theater. Schauten uns kitschige Filme im Kino an und hatten spannende Videoabende. Nebenbei flirteten wir noch mit unheimlich süßen Typen und hatten Rendevous. Die Woche verging so schnell, dass wir es kaum merkten. Wir wären so gerne noch geblieben, aber die Uni rief.

Während ich meine Tasche packte, stopfte mir Mama wieder alle Reisetaschen mit Essen und Souvenirs voll. Ebenso bei Therese. Sie hatten sich gut verstanden und so gut wie mein kleines Schwesterchen aufgenommen. Der Abschied fiel uns sehr schwer. Wir hatten so viel Spaß und konnten nicht glauben, dass es schon vorbei sein sollte. Es war natürlich klar, dass wir in den nächsten Ferien zurückkommen würden.

Vom Flughafen holte uns niemand ab, aber das machte nichts. Ich hatte so viel Kraft getankt, dass ich stärker war als jemals zuvor. Es gab nichts was mich jetzt stoppen konnte. Ich hatte zwar einen großen Verlust zu bewältigen, aber das würde ich schaffen. Schließlich hatte ich ja meine Freunde, meine Eltern und meine eigene Kraft. Ich war witzig, charmant, liebenswert und äußerst sexy. Was sollte also noch schief gehen?

Zu Hause angekommen, traf ich eine endgültige Entscheidung. Nachdem Denise mir berichtete, dass Henri schon zigmal angerufen hätte, beschloss ich mich mit ihm zu treffen. Meine Sehnsucht nach ihm hielt sich in Grenzen und so wusste ich genau was zu tun war.

Entscheidungen

Nach der Uni verabredeten wir uns vor der Mensa und wollten in ein Cafe. Henri kam auf mich zu und wollte mich knuddeln und mich küssen als ob nichts gewesen wäre. Das machte mich wütend aber ich lächelte süß und er merkte wie immer absolut nichts.

Im Cafe tranken bestellten wir uns heiße Schokolade. Henri hielt mir einen Vortrag darüber, dass ich doch nicht einfach verschwinden könne. Und wie ich das konnte. Das hatte er doch gemerkt. Wie doof konnte man(n) denn sein? Henri wollte mit mir noch einmal über alles reden und mir sagen wie furchtbar leid ihm alles täte, aber da hatte er seinen Plan ohne mich gemacht, denn ich hatte keine Lust mich von ihm anfassen, knuddeln oder knutschen zu lassen.

Für mich war die Sache klar. Er machte mich unglücklich und ich wollte nicht mehr unglücklich sein, also tat ich das einzig richtige und gab ihm den Laufpass. Er konnte das gar nicht fassen. Henri sagte mir wie toll ich war und wie schön der Sex mit mir sei. „Ist das alles was du von mir wolltest? Willst du nur Sex von mir? Das kann ich nicht glauben." „Na ja, du bist das geilste was ich jemals im Bett hatte und es ist doch klar dass ich das nicht verlieren möchte. Du hast den geilsten Körper und so super Titten. Du fickst wie der Teufel." „Und was ist mit meinem Geist? Was ist mit meinem Wesen? Ich bin doch nicht nur ein Körper." „Natürlich liebe ich dich auch dafür. Ich liebe dich für das was du bist und gerade weil du so bist wie du bist. Glaube mir doch. Es tut mir alles so leid. Gib uns noch ne Chance. Ich will mein Leben mit dir verbringen." „Du kannst dein Leben verbringen mit wem du willst, aber nicht mit mir. Auf Wiedersehen!"

Endlich, nach so langer Zeit hatte ich es geschafft. Voller Stolz ging ich nach Hause und ich fühlte mich so gut wie noch nie. Ich hatte es ihm gezeigt und ihn einfach sitzen gelassen. Er fing an zu weinen aber ich blieb hart. Ich wollte nicht nachgeben. Ich konnte einfach nicht glauben, dass er mich nur des Sexes wegen liebte. Er hatte mir doch so viel versprochen. Das alles war nur heiße Luft und damit hatte ich eigentlich nicht gerechnet. Es war nicht mal sein Verlust, sondern die Tatsache, dass es keine richtige Liebe war, die mich traurig machte. Was sollte das? Was oder wer gab ihm das Recht so mit mir zu spielen.

Ich konnte nicht glauben dass ich mir das alles für ihn hab gefallen lassen. Die Dinge mit seinen Eltern, das Baby und auch die Verlobung. Ich war fassungslos. So schnell wie möglich wollte ich ihm seine Sachen zurückbringen.

Seine Sachen wollte ich ihm mit zur Uni bringen, denn ich hatte keine Lust mich von ihm Vollheulen zu lassen. Nicht mal beim Einpacken tat mir das Herz weh. Ihm ging es da wesentlich anders. Er flehte mich an mich mit ihm zu treffen und ihm eine zweite Chance zu geben.

Keine Ahnung wie viele Chancen er noch wollte und wie sehr ich mich von ihm noch erniedrigen lassen sollte. Was hatte ich davon? Ich liebte meine neugewonnene Freiheit und nicht nur das. Mathieu und ich trafen uns jetzt öfter . Und was Henri betraf, nun ja, er versuchte ernsthaft mich zurückzuerobern. Meine Haustür war von Rosen und Liebesbriefen belagert und ich bekam pro Stunde zwei Anrufe. Ein nein wollte Henri wohl nicht akzeptieren. Wir stritten uns deshalb oft.

Ich wollte meine Ruhe und er verstand es nicht. Er heulte rum, schwor mir ewige Liebe und dass sich alles irgendwie ändern würde. Wie sollten sich aber die Dinge ändern?

Wir waren so verschieden. Unsere Welten lagen so weit auseinander. Zu allem Überfluss wollte sich auch noch seine Mutter mit mir treffen. Angeblich hatte sie mich ja so gerne. Ich war ja das Beste was ihrem Sohn passieren konnte. Allerdings war ihr Sohn das Schlimmste was mir passieren konnte.

Es war ganz furchtbar wenn wir uns in der Uni sahen. Seine Augen waren ganz traurig und er sah ganz schlecht aus.

Er sagte dass ihm meine Streicheleinheiten und mein hübsches Gesicht fehlten. Dabei fehlte ihm wahrscheinlich nur etwas wo er seinen Schwanz reinstecken konnte. Tja, meinetwegen konnte er es ja wieder bei Vanessa tun und meinetwegen sollte er sich nen Tripper oder irgendeine andere schlimme Krankheit holen. Mich würde er jedenfalls nie wieder in die Kissen bekommen und wenn ich ehrlich war, war er nichtmal toll. Eigentlich kam ich nie bei ihm. Das einzigste was klappte was das Vorspiel, aber schließlich war das ja nicht alles.

Die Tatsache dass er litt, machte mich sehr glücklich, denn das Schicksal legte meine Karten etwas anders.

Für mich nahm das Leben eine sehr angenehme Wendung. Während Henri noch versuchte mich zu erobern, hatte dies ein anderer schon geschafft.

Mathieu und ich waren seit der letzten Zeit ein Herz und eine Seele. Wir trafen uns zweimal die Woche. Wir gingen ins Kino oder redeten einfach nur. Das gefiel mir sehr gut. Wir waren die besten Freunde. Er half mir über die Trennung hinweg, denn trotz allem hatte ich Henri ja mal geliebt. Ein wenig schwer fiel es mir schon. Vor allem seine Eifersucht machte mich fertig. Er wollte mich nicht teilen und war auf alles eifersüchtig was ich tat. Immer wenn ich keine Zeit hatte um mich mit ihm zu treffen oder zu telefonieren, machte er mir eine Szene. In dieser Situation legte ich den Hörer einfach auf. Später stand er dann mit Rosen vor meiner Tür. Das zog sich lange so hin.

Es war eine Strapaze für meine Nerven und meine Stimmbänder, denn ich schrie ihn oft an.

In der Uni war er so arrogant zu mir wie niemals zuvor und behandelte mich wie ein kleines Kind das nicht allein lebensfähig war.

Als ich ihm eines Tages erklärte, dass ich mich in einen anderen Mann verliebt hatte, holte er weit aus und schlug mir ins Gesicht. Ein blaues Auge blieb dabei nicht aus. Henri erschrak sich selber so dabei, dass er schnell zurück wich. Ich sah ihn nur an. Ein Schauer durchzog meinen Körper und alles was ich dazu sagen konnte war ein festes: „Du bist krank! Such dir Hilfe!" Dann ließ ich ihn stehen und ging heim. Wahrscheinlich würde es ihm am nächsten Morgen leid tun und er würde sich wieder wochenlang entschuldigen. Es würde eine sehr plumpe Entschuldigung werden. Ich hatte die Nase voll von all diesen Briefen und Rosen. Von den Schwüren und den netten Worten die sowieso nicht stimmten. Er war kein Freund, er war nie verliebt, er wollte nur meinen Körper. Henri tat mir leid, weil er nicht lieben konnte und weil er so materialistisch eingestellt war. Er würde nie erfahren was wahre Liebe heißt und wie man sie pflegt. Die Liebe ist wie eine empfindliche Pflanze die gepflegt werden muss um zu wachsen und an Stärke zu gewinnen. Er jedoch hat das Beet zertrampelt und alles zerstört. Er war kein Verlust und ich konnte nicht glauben so jemanden jemals geliebt zu haben.

Irgendwie hatte ich auch das bestimmte Gefühl, dass ich ihn nicht so schnell loswerden würde. Es war alles neu. Seine Freunde riefen mich zwar auch noch an , aber ich fand es nicht so gut in dem Freundeskreis zu verbleiben. Was sollte ich da noch? Alle redeten sowieso auf mich ein und versuchten mich zu beeinflussen. Ich hatte meine Freunde und es sollten auch meine Freunde bleiben. Therese hatte sich in der Zwischenzeit auch von ihrem Freund getrennt und wir verbrachten viel Zeit miteinander, während Katherine und Enrique ihre Liebe in vollen Zügen genossen. Henri versuchte derweil sich bei meinen Freunden und vor allem bei Denise einzuschleimen um wieder an mich heranzukommen. Denise ließ ihn aber jedes Mal abblitzen. Sie hielt zu mir. Sogar bei meinen Freunden war er unten durch und bei seinen sah es auch nicht besser aus. Keiner konnte verstehen wie er so sein konnte. Er hatte sich so zum Schlechten verändert. Alles hatte sich gegen ihn verschworen. Seine Felle schienen ihm wegzuschwimmen und er saß auf dem Trockenen. Er war allein zu Hause, während Therese, Denise und ich durch die Clubs zogen oder ich romantische Abende mit Mathieu verlebte. Mathieu verstand sich sehr gut mit meinen Freunden. Manchmal gingen wir auch zu viert weg und es machte viel Spaß. Er tanzte auch mit Denise und Therese und lachte mit ihnen. Das tat Henri nie. Ehrlich gesagt war Henri genau das Gegenteil meines sonst so verstaubten Ex - Freundes.

Er brachte mich zum Lachen und machte mir Komplimente. Wenn ich ihn brauchte war er für mich da und auch sonst war er ein lieber Kerl. Er bemühte sich regelrecht um mich mit lauter kleinen Dingen. Mathieu hörte mir zu und drehte jede schlechte Laune ins Gegenteil. Wir gingen jeden Sonntag ins Kino und sahen uns die neuesten Filme an. Danach gingen wir immer ins Cafe und redeten hinterher noch oder alberten herum.

An diesem Abend schien der Mond besonders hell und wir gingen noch spazieren. Wir hatten uns viel zu erzählen und suchten untereinander Nähe. Mathieu brachte mich nach Hause und an der Tür nahm er mich fest in den Arm: „Ich lass dich nie wieder los. Du bist so süß! Ich habe dich lieb!" Er sah mir ganz tief in die Augen und ich schmolz dahin. „Ich hab dich auch sehr lieb!", flüsterte ich Mathieu ins Ohr. Wir küssten uns sehr leidenschaftlich. „Willst du noch mit hochkommen?", fragte ich und schaute ihn unschuldig an. „Ja, warum nicht?!" Eng umschlungen gingen wir hinauf. Er trug mich sogar ein paar Stufen, weil ich nicht mehr laufen konnte. Ich kuschelte mich an ihn und fühlte mich geborgen. Als wir oben ankamen hing mal wieder ein Zettel von meinem Ex an der Tür. Mir war das etwas peinlich, aber Mathieu nahm den Zettel einfach von der Tür und nahm es überhaupt nicht übel. Ich machte uns noch einen Tee und wir kuschelten uns vor den Kamin. Denise war an diesem Abend nicht da und deshalb mussten wir auch nicht aufpassen ob jemand uns stört. Gemeinsam sahen wir uns noch „Friends" an und dann beschlossen wir schlafen zu gehen. In meinem Zimmer brannten die Kerzen und wir lagen auf dem Bett. Mathieu streichelte meinen Rücken und meinen Hals. Es war so wunderbar und ich genoss es in vollen Zügen. Er machte keine Anstalten mich nur rumkriegen zu wollen. Wir küssten uns immer wieder und flüsterten uns Zärtlichkeiten ins Ohr. Mir war richtig warm ums Herz und ich hatte tausend Schmetterlinge im Bauch. Arm in Arm schliefen wir ein. In dieser Nacht träumte ich sehr schlecht und drehte mich hin und her. In meinem Traum ging Henri auf Mathieu los und begann ihn zu verprügeln. Ich stellte mich zwischen die beiden und bekam selber alles ab. Henri lachte nur und Mathieu kümmerte sich sofort um mich. Aber dann plötzlich fiel ein Schuss und traf mich. In diesem Moment erwachte ich. Besorgt sahen mich Mathieus Augen an. Sofort kuschelte er sich an mich und hielt mich ganz fest. Das gefiel mir ziemlich gut, nein, es gefiel mir sehr gut!!! Am nächsten Morgen weckte er mich total lieb, holte frische Brötchen und machte den Cafe. Er war ein echtes Goldstück und am liebsten hätte ich ihn eingerahmt. Leider musste er schon zeitig zur Arbeit und somit schon früh los. Mit einem dicken Kuss verabschiedete sich mein Schatz von mir. Mir ging es so gut wie schon lange nicht mehr. Aber würde es so bleiben? Ich beschloss nichts kaputt zu denken und einfach alles zu genießen. Vielleicht sollte ich auch einfach keine

Erwartungen haben und einfach alles auf mich zukommen lassen. Jedenfalls strahlte ich wie ein Schmalzkanten und Henri sah sehr eifersüchtig aus. Das gab mir innerlich noch mal einen Schub. Auch meinen Leute entging das nicht. Natürlich tat ich wieder sehr geheimnisvoll. Therese kam mir als erste auf die Schliche. „Sag schon, wie war dein Abend?!" „Muss ich da noch was sagen? Schau mich doch an." „Ich wünsche dir echt, dass du dieses mal mehr Glück hast.", sagte sie und drückte mich ganz fest. Nichts konnte mich erschrecken. Nicht einmal Rechnungswesen.   Den ganzen Tag dachte ich nur an Mathieu. Der Abend war so schön gewesen. Ich fühlte mich so wohl bei ihm und er war so lieb zu mir wie kein anderer. Immer wieder kam mir in den Sinn, dass er schon vorher die ganze Zeit für mich da war. Er war mehr mein Freund als es Henri jemals hätte sein können. Schon begann ich zu schwärmen. Das durfte ich doch nicht, denn schwärmen heißt Hoffnung zu haben und Hoffnung haben heißt verletzt zu werden. Ich wollte aber nicht mehr verletzt werden. Würde mich Mathieu verletzen? Eigentlich hatte ich nicht das Gefühl, aber dennoch wollte ich es langsam angehen lassen. Mal sehen wie ernst es ihm war und ob er sich nach der letzten Nacht überhaupt noch meldete. Ach, was sollte ich darüber nachdenken? Ich hatte mich verliebt und war glücklich darüber. So richtig motiviert machte ich mich an eine Hausarbeit für die Uni! Es war son doofes Thema. So was über Marketing und Betriebsorganisation. So gut wie heute kam ich aber selten voran. Bereits nach vier Stunden war ich fertig. Abends beschloss ich spazieren zu gehen. Der Himmel war so klar wie nie zuvor und die Sterne funkelten. Ich hatte Lust auf den Eifelturm zu fahren und kurzum tat ich das dann auch. Der Ausblick von dort ist einfach traumhaft. Das ist eines der vielen Dinge für die ich Paris liebe. Alles war so wunderbar beleuchtet und sah so friedlich aus. Man konnte so wunderbar in seinen Gedanken versinken und einfach nur träumen.
Wieder zu Hause angekommen, hörte ich als erstes den Anrufbeantworter ab. Es war kein Anruf drauf. Hatte ich etwas falsch gemacht? Jetzt tat ich genau das was ich nicht wollte; ich dachte darüber nach. Ach, es würde schon alles in Ordnung sein, vielleicht hatte er einfach keine Zeit. Ich würde ihn jedenfalls nicht anrufen. Warum sollte ich ihm nachlaufen? Er sollte nur nicht denken, dass ich so verrückt nach ihm sei. Ich mochte ihn lediglich. Und schon wieder eine Lüge, denn ich liebte ihn aber das durfte er auf keinen erfahren. Jedenfalls jetzt noch nicht. Irgendwann würde ich es ihm sagen, aber er müsste es zuerst sagen.
Nach langer Zeit schrieb ich mal wieder Tagebuch, denn ich hatte ja schließlich viel erlebt in der letzten Zeit.
In den nächsten Tagen kam immer noch keine Nachricht von IHM. Immer

wieder testete ich ob auch das Telefon und der Anrufbeantworter funktionierten. Alles war in Ordnung und auch mein Handy funktionierte, aber dennoch meldete sich Mathieu nicht. Irgendwie war ich enttäuscht, denn ich hatte ja keine Ahnung was geschehen war. „Warum rufst du ihn nicht einfach an?", fragte Denise und schob sich ihr Hörnchen in den Mund. „Warum sollte ich? Er wird schon seine Gründe haben und ich will ihm auch nicht zur Last fallen. So toll war er ja nun auch wieder nicht. Ich bin jetzt solo und damit ist auch mein Reiz verschwunden. Das heißt, dass er sich jetzt nicht mehr anstrengt." „Erzähl doch nicht so was, So einer ist er nicht. Vielleicht hat er viel zu tun. Du wirst schon sehen. Hab ein bisschen Geduld. Muss los! Bis heute Abend!" Und weg war sie! Vielleicht hatte sie ja recht, also tat ich das was ich am besten konnte, abwarten! Wenn man auf etwas wartet vergeht die Zeit unglaublich langsam. Das sagte schon meine Mama immer und sie hatte recht. In der Uni kam Henri auf mich zu: „ Na, du siehst ja so traurig aus. Ist was nicht Ordnung?" Sein höhnischer Unterton war nicht zu überhören.
„Was sollte denn nicht in Ordnung sein?" „Vielleicht hat dich ja deine neue, große Liebe versetzt und dein armes, kleines Herzchen gebrochen." „Henri, nur weil dir das ständig passiert, muss es bei mir nicht der Fall sein. Weißt du, es gibt etwas was uns sehr unterscheidet; ich habe Freunde und bin sympathisch! Adios!", sagte ich und ließ ihn mit einem breiten Grinsen stehen. Verdutzt schaute Henri in die Runde. Alle anderen die das gehört hatten, lachten. Natürlich konnte er das nicht auf sich sitzen lassen und kam mir nachgelaufen: „Hey, warte mal! So war das doch nicht gemeint! Marie, jetzt warte schon." Er hielt meinen Arm fest. „Lass uns doch mal wieder ins Kino gehen. Einfach nur so." „Danke, kein Interesse! Ich hatte schon genug Vergnügen mit dir und keine Lust auf noch mehr Spaß! Würdest du mich jetzt bitte in Ruhe lassen?!" Ich tat das was ich am besten konnte, ihn stehen lassen. In diesem Moment klingelte mein Handy. Eine sehr liebe Stimme begrüßte mich. Wer sollte es anderes sein als Mathieu? Er entschuldigte sich für die lange Schweigepause. Seiner Mama ging es nicht gut. Durch Stress auf der Arbeit machte ihr Herz Probleme. Sie hatte nachts einen Herzinfarkt bekommen und lag nun im Krankenhaus. Das tat mir sehr leid, denn ich mochte seine Mutter. Sie hatte mich mit ganzem Herzen aufgenommen und hatte auch keine Vorurteile. Sie war das genaue Gegenteil von Henris Mutter. „Ich muss nur ein paar Sachen holen und will dann wieder zu meinen Eltern fahren. Mach dir also bitte keine Sorgen. Ich habe dich nicht vergessen." „Nein, das ist schon in Ordnung! Soll ich dich zu deinen Eltern begleiten? Ich kann auch mal ein paar Tage die Uni schwänzen. Das Semester ist sowieso schon versaut. Ich mag deine Eltern und würde sie gerne wiedersehen." „Wenn du das wirklich willst, dann würde ich mich sehr darüber freuen. Meine

Eltern fragen immer nach dir. Ich glaube sie mögen dich wirklich sehr. Bestimmt würde sich meine Mama sehr darüber freuen. Dann hole ich dich heute nach der Uni ab und wir fahren dann zu dir um deine Sachen zu packen. Was hältst du davon?" „Ja, dann sehen wir uns um drei!" Irgendwie sah Henri ein wenig, nein sehr, unglücklich aus. Er hatte einen Teil des Gesprächs mitbekommen und konnte nicht so recht fassen was er hörte. „Wieso fährst du mit zu seinen Eltern und verweigerst aber jeglichen Kontakt zu meinen Eltern? Was haben sie dir so schlimmes getan?" Wollte er mich verarschen? „Ich hoffe jetzt sehr für dich, dass das eben ein äußerst doofer Scherz war. Seine Eltern nennen mich wenigstens nicht Fickfreundin." „Du kennst doch seine Eltern überhaupt nicht. Du hast keine Ahnung wie sie sind." „Ich kenne seine Eltern besser als du denkst, mein Lieber." „Woher?", seine Stimme nahm einen seltsamen Ton an. „Wir haben Weihnachten zusammen gefeiert und im Gegensatz zu deinen Eltern, haben sie es mir nicht zur Hölle gemacht." Siegessicher funkelte ich ihn an. „Da hast du also die ganze Zeit gesteckt. Ich hatte mir solche Sorgen gemacht. Du kleines Flittchen......" Boom! Ein wundervoller Handabdruck zierte mein Gesicht. Für eine Sekunde dachte ich mein Kopf würde platzen. Er hatte es wieder getan. „Das wollte ich nicht. Bitte, du musst mir glauben! Geh nicht, bitte Marie. Ich liebe dich doch!" Ich wollte sein Gesülze nicht mehr hören. Wieder waren es nur Worte hinter denen kein Fundament steckte. „Jetzt zeigst du dein wahres Gesicht. Du liebst mich nicht, du willst mich nur besitzen und kannst es nicht ertragen, dass du nicht mehr derjenige bist. Du tust mir leid. Da wo andere ein Herz haben, hast du eine Geldkasse und Liebe ist für dich nur ein anderer Begriff für Besitz. Ich muss total dumm gewesen sein, als ich mich auf dich einließ. Ich möchte dich niemals in meinem Leben wiedersehen." „Marie, bitte, das meinst du doch nicht so. Ich liebe dich wirklich. Ich werde nie wieder jemanden so lieben wie dich. Glaub es mir doch endlich." Ich hörte ihn leise weinen, als ich mich auf den Weg zu Mathieu machte. Es war mir alles so egal. Ich fühlte nichts. Keine Mitleid und auch keine Reue. Vielleicht war ich nachtragend, aber er tat mir einfach zu sehr weh. Es war zuviel passiert als dass ich es einfach verzeihen konnte. Ich musste etwas ändern. Das Studium machte mir keinen Spaß und außerdem konnte ich so Henri nicht aus dem Weg gehen. Vielleicht sollte ich mir eine Ausbildungsstelle suchen. So schwer konnte das ja nicht sein. Warum eigentlich nicht? Wenn ich wieder zurückkäme von Mathieu, würde ich mich sofort darum bemühen. Bis dahin hatte ich die Möglichkeit bei meinem Nebenjob voll zu arbeiten. Das war eine gute Idee. Es war gut etwas zu verändern.   In letzter Zeit ging alles so durcheinander. Es wurde Zeit alles wieder zu ordnen und endlich wieder das zu tun was für mich gut war. Vielleicht würde ich wieder zu meinen Eltern nach Kanada gehen. Ich spürte die Energie praktisch in mir hochsteigen. Ich war wieder zurück. Die alte Marie war wieder bereit durchzustarten. Zufrieden mit mir selbst lächelte ich vor mich hin. Am Eingang sah ich Mathieu stehen und auf mich warten. Ich eilte auf ihn zu und direkt in seine Arme. Er fing mich auf und drückte mich ganz fest. Seine Lippen trafen meine und küssten mich innig. Ich ließ mich einfach gehen und so wurde es ein sehr langer Kuss. Mir war egal ob er herausfand dass ich ihn liebte. Ich spürte eine Kraft die mich vorwärts trieb und ich ließ mich treiben. Gemeinsam stiegen wir ins Auto und fuhren los um meine Sachen zu packen. An jeder roten Ampel lehnte sich Mathieu sich zu mir rüber um mich zu küssen. Dieses Spiel machte mir Spaß. Es waren sehr zärtliche Küsse. Das Packen meiner Sachen ging sehr schnell. Denise unterhielt sich mal wieder ausgiebig mit Mathieu. Man musste die beiden förmlich zerreißen um sie zu trennen. Es gefiel mir sehr gut, dass sie sich verstanden. Denise erzählte mir immer wieder wie gut wir zueinander passten und wie viel besser er als Henri sei. Sie hatte recht. In Mathieus Gegenwart fühlte ich mich geborgen und glücklich. Er machte mir so schöne Komplimente und ich hatte tatsächlich das Gefühl als würde er es ernst meinen. Vielleicht liebte er mich ja wirklich. Wenn nicht würde ich ihn schon dazu bringen mich zu lieben. Als ich so in Gedanken versunken in meinem Zimmer stand, hörte ich nicht, dass jemand an mich heran trat. „Können wir jetzt langsam los?", flüsterte mir Mathieu ins Ohr. Ungewollt lief mir ein Schauer über den Rücken. „Ja, natürlich!", flüsterte ich zurück. Wir verabschiedeten und von Denise und machten uns auf den Weg zu Mathieus Eltern.

Schicksal

Währen der Fahrt erklärte mir Mathieu die derzeitige Situation seiner Mama: „ Es geht ihr nicht wirklich gut. Ihr Herz hat den ganzen Stress der vergangenen Tage und Wochen nicht so richtig verkraftet. Zudem haben sich meine Eltern ziemlich doll wegen meiner kleinen Schwester gestritten. Das war alles ein bisschen viel. Ich hoffe so, dass es ihr bald besser geht. Ich wüsste nicht was ich ohne sie tun würde. Mama mag dich wirklich sehr. Sie mag deine warmen Augen und deine natürliche Art. Auf jeden Fall schwärmt sie ziemlich von dir. Du bist das erste Mädchen an dem ihr was liegt. Das meine ich ganz ehrlich. Du bist wirklich etwas besonderes." Es machte mich so glücklich diese Worte von ihm zu hören. „ Deine Eltern sind auch etwas besonderes. Ich bin ganz andere Dinge gewöhnt. Du weißt ja wie Henris Eltern zu mir waren. Ich möchte sie nicht enttäuschen. Sie sollen keine schlechten Dinge über mich denken. Sie sollen wissen dass ich ihren Sohn mag und auch gut behandeln will. Ich will dich niemals enttäuschen. Das musst du mir glauben." „ Ich glaube dir ja und freue mich auch wirklich sehr darüber. Du bist wirklich süß." Dann küsste er meine Hand. Mein Herz machte einen Sprung, aber ich stellte mir immer noch die Frage ob wir nun eine Beziehung hatten oder nur Freunde waren. Vielleicht würde ich es irgendwann erfahren und egal wie die Antwort wäre, ich müsste sie akzeptieren und ganz ruhig bleiben. Bis dahin wollte ich die Zeit mit ihm genießen. Irgendwie machte er mich trotz allem sehr glücklich.   Während ich noch in Gedanken war, fuhren wir schon in die Einfahrt ein. Es war ein richtig schönes Haus. Zwar war es nicht so groß wie das von Henris Eltern und es gab auch keinen Park, aber es war klein und wirkte sehr gemütlich. Auch war es hier alles viel herzlicher. Mathieus kleine Schwester, Carmen, kam sofort angelaufen und drückte mich ganz fest. Auch sein Vater nahm mich in den Arm und sagte mir wie sehr er sich über die Überraschung freute, dass ich da war.   Danach brachte er mich ins Gästezimmer. Das fand ich auch nicht schlimm, denn schließlich wollte ich nicht schon wieder als „Fickfreundin" abgestempelt werden. Carmen half mir meine Sachen auszupacken: „Ich freu mich dass du hier bist. Ich hab dich lieb. Darf ich heute nacht bei dir schlafen?" „Natürlich darfst du das. Wir schmusen dann ganz doll und quatschen, okay?!" „Au ja! Ich hol schnell meinen Schlafanzug." „Jetzt noch nicht! Wir fahren doch erst mal zu deiner Mama und danach spielen wir noch was. Ach ja, ich hab da noch was für dich." Carmens Augen leuchteten ganz doll als ich ihr ein Geschenk in Goldfolie reichte. Ich hatte ihr einen Plüschhasen gekauft der unheimlich weich und niedlich war. Ihre Augen wurden immer größer und ich musste aufpassen dass sie mich nicht erdrückte. Ich freute mich darüber.

Am späten Nachmittag machten wir uns auf den Weg ins Krankenhaus. Es war ein hübsches Krankenhaus mit wirklich netten Pflegern und Ärzten. Mathieus Mama lag noch immer auf der Intensivstation. Sie sah schlecht aus. Ich erschrak mich furchtbar. Ich schnappte mir einen Umhang und eine Kappe und ging zu ihr. Sie war wach und freute sich ganz offensichtlich mich zu sehen: „Marie, mein kleiner Engel! Schön dass du hier bist. Du wirst ja immer schöner." „Wie geht es Ihnen Frau Deuville?" „Es geht schon besser, aber dieses Krankenhaus macht mich krank. Alles ist hier so steril und leblos. Marie, du musst mich hier rausholen. Ich halte es hier nicht aus." „Nur noch ein paar Tage, dann haben Sie es geschafft. Sie sind so stark Frau Deuville, Sie wollen doch jetzt wohl nicht aufgeben? Das passt gar nicht zu Ihnen. Sie müssen ganz schnell gesund werden, denn ich backe eine riesige Willkommenstorte und die wollen Sie sich doch wohl nicht entgehen lassen, oder?" „Marie, es geht mir schlecht, sehr schlecht. Ich weiß nicht ob ich diese Woche noch schaffe." „Aber natürlich tun Sie das. Warum sagen Sie so was?" „Der Infarkt war kein leichter. Vielleicht bleibe ich gelähmt. Das will ich meinem Mann und meiner Kleinen nicht antun. Sie soll eine gesunde Mama haben und mein Mann eine gesunde Frau." „Vielleicht ist Ihnen das im Moment nicht so gegenwärtig, aber bei Ihrer Hochzeit hat Ihnen Ihr Mann was versprochen, nämlich eine Liebe in guten und schlechten Tagen und in Krankheit und Gesundheit. Sie sind keine Belastung, denn er liebt Sie wirklich. Wenn Sie sterben macht das Leben für ihn auch keinen Sinn mehr. Glauben Sie mir. Carmen braucht Sie. Wir alle brauchen Sie." „Danke! Du bist so lieb, Marie. Ich hoffe Mathieu ist schlau und lässt dich niemals gehen." „Die Besuchszeit ist zu Ende.", sagte ein Pfleger der den Tropf wechseln wollte. „Ich komme morgen wieder und dann will ich eine Besserung sehen, okay? Sonst muss ich mir das mit der Torte noch überlegen.", sagte ich lächelnd. Ich drückte sie noch mal und ging. Irgendwie war es mir schwer ums Herz aber andererseits hatte ich auch das Gefühl etwas Gutes getan zu haben. Draußen stand der Rest der Familie und warteten auf mich.„Wie geht es ihr? Wird es wieder?", fragten sie mich. „Es geht ihr den Umständen entsprechend gut. Sie wird wieder. Macht euch keine Sorgen. Ich habe ihr versprochen morgen wiederzukommen." Als wir wieder zu Hause ankamen, kochte sein Papa noch Abendessen und Carmen und ich spielten mit ihrem neuen Plüschhasen. Es war noch ein schöner Abend. Gegen zehn gingen dann alle ins Bett. Carmen schlief wie versprochen bei mir. Wir quatschten noch die halbe Nacht, dann schliefen wir ein.

Am nächsten Morgen weckte mich eine kleine Prinzessin mit Kitzelstrafe. Sie fand auch genau die schlimmsten Stellen. Obwohl, eigentlich bin ich ja ziemlich kitzelig. Es war zwar erst halb acht, aber Carmen wollte schon spielen. Ich hörte das Telefon klingeln und Herrn Deuville sprechen. Anscheinend war es das Krankenhaus. Ich hoffte so, dass es eine gut Nachricht sei. Das Gespräch war sehr kurz und seine Stimme klang sehr aufgeregt: „Marie, Carmen, Mathieu! Mama geht es so gut, dass sie von der Intensivstation entlassen werden konnte. Sie kann zwar ihr linkes Bein nicht so gut bewegen, aber das wird schon wieder! Oh ich bin so glücklich und ich habe irgendwie das Gefühl als hätte es was mit Marie zu tun." „Oh, sie überschätzen mich Herr Deuville." „Nenn mich Ludwig, meine Kleine." Seine Freude war nicht zu übersehen. Er strahlte über das ganze Gesicht. Vielleicht hatte mein Gespräch mit ihr etwas bewirkt, aber vielleicht war es auch nur ihr eigener Wille, der nur etwas bestärkt werden musste. Ich war jedenfalls unheimlich stolz auf sie und ein bisschen auch auf mich. Eigentlich war ich schon toll.

Bald danach fuhren wir ins Krankenhaus und besuchten Frau Deuville. Ich durfte sie Monique nennen. Es ging ihr wirklich schon sehr viel besser und sie lachte sogar schon wieder ein bisschen. Während des Besuches hielt sie die ganze Zeit meine Hand und sagte einfach nur danke. Ich war mir sicher, dass ich ihr ins Gewissen geredet hatte und daraus schöpfte sie ihre Kraft. Natürlich war allen klar, dass die Heilung ihres Beines eine ganze Weile dauern würde, aber ihre Chancen standen gut. Sie hatte eine enorme Willenskraft erlangt und diese würde ihr helfen. Außerdem hatte sie genug Freunde und Bekannte die ihr helfen würden. Ihre Kinder und vor allem ihr Mann liebten sie und sie würde keinen von ihnen enttäuschen. Ich wusste nicht was ich in einer solchen Situation getan hätte und deshalb war ich sehr, sehr stolz auf sie. Sie war ein Vorbild in jeder Hinsicht und was noch viel wichtiger war, sie mochte mich und hielt mich nicht für ein Flittchen oder ähnliches. Ich fand eine Freundin in ihr, denn ihrer Meinung nach hatte sie mir viel zu verdanken. Ich fühlte mich so geschmeichelt und es war mir sogar schon fast ein wenig peinlich. Wir redeten noch lange und alberten auch noch rum. Die Zeit verging wie im Fluge. Als es Zeit war zu gehen, erlaubte der Arzt noch, dass wir sie am nächsten Tag etwas spazieren fahren dürften.

Die allgemeine Erleichterung über Moniques Situation war an diesem Abend allgegenwärtig. Es wurde viel gelacht und auch Pläne wurden schon geschmiedet. Carmen packte bereits ihr Lieblingsplüschtier ein, um es auch am nächsten morgen ja nicht zu vergessen. Ein kleiner Elch sollte ihrer Mama schnelle Genesung bescheren und schließlich hatte sie ja jetzt einen kleinen Hasen der sie beschützte.„Komm Carmen, wir gehen jetzt schlafen. Lass mal die Großen unter sich. Die haben sich bestimmt ne Menge zu erzählen.", sagte Ludwig und schob Carmen aus der Tür. „Nicht so schnell! Ich muss doch noch gute Nacht sagen", rief Carmen empört und eh man es sich versah, drückte sie jedem von uns einen dicken Kuss auf die Wange.

„Gute Nacht mein kleiner Engel.", sagte ich zu ihr und drückte sie ganz fest.

„Darf ich heute Nacht bei dir schlafen, Papa?", fragte sie mitleidserregend.

„Natürlich darfst du das. Jetzt aber schnell in die Falle! Gute Nacht alle zusammen!"

Jetzt waren wir das erste mal seitdem wir bei Mathieus Eltern waren allein.

„Ich freue mich so, dass es deiner Mami wieder besser geht.", sagte ich mit ernstem Ton. „Ich mich auch. Was ist gestern im Krankenhaus passiert, Marie? Was hast du ihr erzählt?" „Nichts weiter! Ich habe sie an wichtige Dinge erinnert und das hat ihr wohl irgendwie Auftrieb gegeben. Es war wirklich nichts spektakuläres, glaube mir."

„Du bist wirklich etwas ganz besonderes. Danke für alles! Ich hoffe ich kann dir ein bisschen davon zurückgeben. Ich möchte dass es dir gut geht."

„Es geht mir immer gut wenn du bei mir bist. Hast du das wirklich noch nicht gemerkt?" „Doch schon, aber ich wollte trotzdem dass du es mal sagst." Dabei lächelte er so süß, dass mein Herz dahinschmolz und ich ihn mit großen Augen ansah. „Ach Marie, was soll ich nur mit dir machen?" „Ich schätze du musst mich lieb haben, solange die Sache eben dauert."

„Das habe ich. Ich habe dich wirklich sehr lieb und freue mich, dass wir uns kennen gelernt haben. Wollen wir schlafen gehen?"

„Gerne! Ich bin auch schon ziemlich müde." Er nahm meine Hand und wir gingen gemeinsam die Treppe hinauf. Vor meiner Tür wollte ich mich von ihm verabschieden, aber er zog mich fest an sich und flüsterte in mein Ohr: „ Darf ich heute nacht bei dir bleiben?" Ich nickte nur und gab ihm einen Kuss.In dieser Nacht geschah nichts weiter, aber wir kuschelten was das Zeug hielt. Er nahm mich immer wieder in seine Arme und küsste jeden Zentimeter meines Körpers ab. Die ganze Nacht hielt er mich sehr, sehr fest und ließ mich nicht mehr los. Ich fühlte mich so unendlich wohl und schlief so gut wie lange nicht mehr. Es waren wirklich schicksalhafte Tage. Manchmal lagen Glück und Pech so dicht beieinander. Aber im Moment siegte das Glück und ich war selig. Ich fühlte mich wohl und geborgen.

Vorsätze

_In den nächsten Tagen ging es Monique immer besser. Wir besuchten sie jeden Tag. Ihr Zustand stabilisierte sich so sehr, dass wir wieder in die Stadt fahren konnten ohne uns Sorgen machen zu müssen. Carmen war sehr traurig, also musste ich ihr versprechen bald wieder zu kommen. Beim Abschied nahmen mich sowohl Ludwig als auch Monique ganz fest in den Arm und beteuerten immer wieder wie gerne sie mich hatten und dass ich bald wiederkommen sollte.

Unterwegs dachte ich noch einmal über meine Entscheidung nach, das Studium aufzugeben. Warum sollte ich es auch nicht tun? Ich wusste was ich wollte und BWL war es nicht. Ich wollte Mathieu und eine Ausbildung. Unterwegs sprach ich Mathieu darauf an und er hatte nichts dagegen. Ich sollte tun was ich wollte. Er würde mich nicht daran hindern, den schließlich war es ja meine Zukunft. Meine Zukunft? Ich hatte gehofft es würde unsere Zukunft werden. Da hatte ich bestimmt wieder was falsch verstanden. Dabei schien es doch so anders bei seinen Eltern. Ein bisschen verstimmte es mich schon. Dabei hatte er es wahrscheinlich nichtmal so gemeint. Vielleicht würde ich ihn irgendwann fragen. Im Moment war aber nur wichtig was ich tun wollte. Zu Hause angekommen, erstattete ich natürlich erst mal allen Bericht. Für mindestens zwei Stunden blockierte ich unser Telefon. Abends aßen Denise und ich nach langer Zeit wieder einmal miteinander. Sie merkte dass ich etwas auf dem Herzen hatte. „Na leg schon los! Was hast du auf dem Herzen?" „Ich möchte gerne das Studium abbrechen und eine Ausbildung anfangen." „Oh, wie das?" , Denise schien sichtbar erstaunt. „Es reicht mir nicht aus. Das Studium hat mir nur Pech gebracht. BWL befriedigt mich nicht. Es ist einfach nur auswendig lernen, aber ich will nicht auswendig lernen. Ich will gefordert werden und das machen was mir gefällt. Ich will was mit Medien machen oder mit Menschen." „Es klingt gut und du scheinst sehr überzeugt davon. Was hindert dich also daran? Wenn du Hilfe brauchst, dann helfe ich dir und hör mich auch mal um." „Das ist süß von dir! Morgen werde ich erst mal zum Arbeitsamt gehen. Und falls ich was kriege, erzähle ich es meinen Eltern." Das schien mir eine richtig gute Lösung zu sein und überzeugt von mir schlief ich ein.

Sehr früh am nächsten Morgen stand ich auf und zog mich sehr seriös an. Nach dem Frühstück machte ich mich auf den Weg zum Berufsberater.

Auf dem Arbeitsamt war es mir irgendwie unheimlich. Es war richtig voll und die Mehrheit der Leute sahen einfach nur gefrustet und pessimistisch aus. Bestimmt warteten sie schon lange und oft auch umsonst. Das fand ich so ungerecht. Da war eine Mama mit drei Kindern und das jüngste hatte sie noch auf dem Arm, aber niemand machte ihr Platz. Auch der Beamte ging mit ihr sehr heftig um. Das schockierte mich , denn schließlich hatte sie sich doch nicht ausgesucht arbeitslos zu sein. Ich hoffte, dass mein Bearbeiter nicht so ein Idiot sein würde. Das war er dann auch nicht. Herr Poulard war aber ein wirklich netter Typ. Er machte mir große Hoffnungen, dass ich eine Lehrstelle finden würde und gab mir auch diverse Adressen mit. Er lobte meine Abiturleistungen und fand es auch nicht schlimm, wenn ich die Uni abbrach: „Wir haben hier so viele Abbrecher. Das ist überhaupt nicht schlimm. Besser Sie erkennen es jetzt als wenn Sie im siebten Semester sind und dann kommt das böse Erwachen. Es müsste doch mit dem Teufel zugehen wenn wir für Sie nichts fänden." Er war wirklich lieb zu mir und ich verließ ihn mit einem guten Gefühl. Noch am selben Tag begann ich mit den Bewerbungen und schickte erst mal zwanzig Schreiben los. So richtig stolz auf mich selbst, genoss ich den Rest des Tages. Ich machte mit meinem derzeitigen Chef meines Nebenjobs eine Umwandlung in einen Vollzeitjobs aus und konnte somit meine Exmatrikulation einreichen. Ich war glücklich. Jetzt konnte mich niemand mehr bremsen. Am Abend lud ich alle meine Freunde zu mir ein und verkündete die Nachricht. Zwar waren sie erstaunt, aber am Ende hielten sie alle zu mir und befürworteten meine Entscheidung. Therese nahm mich zur Seite: „Ich bin wirklich stolz auf das was du tust. Du wirst deinen Weg gehen und ich werde immer zu dir halten und deine beste Freundin sein." „Das ist so lieb von dir! Ich werde auch immer für dich da sein. Bin so froh, dass es dich gibt." Therese fing an zu weinen, was ich nicht so richtig verstand: „Hey, was ist denn los?" „Ich muss dir was sagen, aber du darfst nicht schimpfen!" „Das mach ich nicht, das weißt du doch. Was ist denn passiert?" „Ich bin schwanger!" „Aber das ist doch wundervoll! Ich freu mich so für dich. Lass dich drücken. Du willst es doch, oder?" „Ja, ich will es." Sie fing ein bisschen an zu weinen, aber ich nahm sie einfach in den Arm und drückte sie ganz fest: „Du wirst ein wunderschönes Baby bekommen. Wunderschön und gesund wird sie sein, dass weiß ich genau. Was ist denn mit dem Papa? Will er es auch?" „Ja, er will es auch. Und nicht nur das, er will mich auch heiraten. Ich habe ja gesagt." „Das ist so toll. Das war eine gute Entscheidung. Sollen wir sie den anderen mitteilen, oder soll es im Geheimen bleiben?" „Erst mal sollst nur du es wissen. Die Hochzeit soll auch nicht so groß werden

und ich möchte gerne, dass du meine Trauzeugin wirst. Willst du?"
„Ja, auf jeden Fall!"   Das war ein Abend voller Überraschungen. Ich trocknete
ihr noch ihre Tränen weg und dann gingen wir wieder zu den anderen. Ja,
Veränderungen waren gut fürs Leben. Es wurde noch ein sehr langer Abend
und er war wunderschön. Es war schön so viele Freunde zu haben . Vor allem
war es schön Therese zu haben. Als letztes ließ dann auch noch Denise die
Katze aus dem Sack, als sie uns ihren Freund vorstellte.

Das einzige was uns an diesem Abend bedrückte, war die Tatsache, dass
Katherine und Enrique keine Zeit mehr für uns hatten seit sie zusammen
waren. Alle waren glücklich und vor allem Denise, Therese und ich.

Am nächsten Tag ging ich zur Uni und stellte meinen Antrag zur
Exmatrikulation., danach ging ich den ganzen Tag arbeiten. Ich war so
glücklich, dass ich nicht mehr zur Uni musste. An diesem Tag riefen mich
auch Mathieus Eltern an. Ich war sehr überrascht, aber sie wollten unbedingt
wissen wie es mir ginge. Ich erzählte ihnen von meiner Veränderung und wie
meine Eltern, waren auch sie stolz auf mich. Sie boten mir ihre Hilfe an und
auch Asyl, falls ich mal welches brauche. Ich schien eine Glückssträhne zu
haben. In den nächsten Tagen lief es alles sehr gut, bis auf die Tatsache, dass
sich Mathieu mal wieder nicht meldete. Sollte ich mich vielleicht nach einem
anderen umsehen? Sollte ich mal wieder ausgehen? Während ich meinen
Gedanken nachhing, klingelte mein Handy. Mathieu war dran und wollte mich
unbedingt sprechen. Eigentlich wollte ich ihn ja zappeln lassen, aber irgendwie
konnte ich das nicht. Er wollte sich mit mir um acht am Triumphbogen treffen.
Dort gibt es so eine kleine Verkehrsinsel und dort sollte ich gegen acht
erscheinen. Ich erwartete das Schlimmste. Wahrscheinlich würde er mir den
Laufpass geben, noch bevor alles angefangen hatte. Sofort musste ein Plan
her. Wie immer in solchen Momenten war Denise für mich da. Sie war auch
mit ihrem Freund verabredet und musste sich noch Klamotten besorgen, also
schloss ich mich ihrer an und wir gingen zusammen los. Ich musste einfach
bezaubernd aussehen. Ich würde wunderschön aussehen und ihn somit zwingen
mich lieb zu haben. Er sollte mir nicht mehr widerstehen können. Ich musste
den Laufpass auf jeden Fall verhindern. In einem neuen Designer Outlet Store
fanden wir ein bezauberndes Oberteil mit freies Schultern und eine wunderbare
Hose. Danach probierte Denise nach langer Zeit mal wieder ihre Friseurkünste
an mir aus. Sie machte meine blonden Haare etwas dunkler und steckte sie am
Hinterkopf zusammen. Zuletzt schminkte sie mich noch ganz wunderschön.
Ich sah aus wie eine Prinzessin und irgendwie fühlte ich mich auch so. Sollte
er doch versuchen mich nicht lieb zu haben, es würde nicht funktionieren.
Gegen halb acht ging ich los und war so aufgeregt wie nie zuvor. Mein Herz
pochte ganz laut und ich hatte keine Ahnung wie ich reagieren sollte wenn es

vorbei wäre. Diesmal nahm ich sogar meinen Walkman mit um mich etwas abzulenken. So träumte ich in der Bahn vor mich hin. Beinahe verpasste ich meine Station. Natürlich war ich wie so häufig unpünktlich. Das war mir sehr peinlich. Wieso musste das immer in so wichtigen Situationen passieren? Wieso war ich sonst immer vor der Zeit? Hoffentlich war er nicht sauer!

Nein, er war nicht sauer. Er freute sich sogar ausgesprochen doll mich zu sehen. Mathieu hatte sich auch etwas verspätet. Was für ein Glück für mich. Er nahm mich in die Arme und drückte mich ganz fest. Dann drückte er mir einen ganz dicken Kuss auf die Nase und plötzlich begannen seine Augen zu tränen. Ich war irritiert: „Was ist denn los? Soll ich wieder gehen?" „Nein! Es ist nur so dass ich dir etwas sagen muss. Ich habe aber etwas Angst vor deiner Reaktion." „Hör mal, wenn du keinen Kontakt mehr möchtest ist das okay. Ich habe mir schon so was gedacht. Wenn du willst, dann gehe ich auch gleich, damit keine peinliche Situation entsteht." „Keinen Kontakt mehr? Ich wollte dir eigentlich gerade sagen, dass ich mich unheimlich in dich verliebt habe. Marie, ich liebe dich!" Da war sie, die peinliche Situation. „Wenn es dir nicht so geht, dann ist das schon in Ordnung und wir bleiben einfach Freunde. Das ist dann auch kein Problem für mich." Bei mir trat die totale Verwirrung ein. Was hatte er da gerade gesagt? „Nein, ich freue mich darüber. Mir geht es genauso. Ich hatte mich nicht getraut was zu sagen, weil du dich doch so lange nicht gemeldet hast." Mathieu drückte mich ganz fest und wir gingen noch ein bisschen die Champs Elysee entlang und schmusten was das Zeug hielt. In dieser Nacht schliefen wir das erste Mal miteinander und es war wunderschön. Er war viel einfühlsamer als Henri und es machte viel mehr Spaß. Jetzt waren wir ein Paar. Es war das eingetreten was ich mir so lange gewünscht hatte. Wir gehörten zu einander und niemand konnte uns mehr trennen. Hoffte ich zumindest.

Erfüllungen

Wir sahen uns von nun an öfter und genossen jede Sekunde miteinander. Mathieu holte mich oft von der Arbeit ab und unterstützte meine Suche nach einer Ausbildungsstelle so gut er nur konnte. Bald kamen auch die ersten Bewerbungsgespräche und Absagen. Wenn Absagen kamen nahm er mich in den Arm und wenn Zusagen kamen begleitete er mich bis zur Firma und wartete an der Pforte auf mich. Die ganze Zeit drückte er die Daumen und eines Tages hatte ich es geschafft. Ich hatte eine Ausbildungsstelle als Mediengestalterin gefunden. Endlich etwas was mir gefiel. Die Uni war längst vergessen. In der Zwischenzeit wurde Thereses Bauch immer dicker. Ihr Baby begann ganz schön zu wachsen. Wenn ich meinen Kopf auf ihren Bauch legte, konnte ich ein kleines Blubbern hören. Dann bewegte sich das Kleine. Das musste ein tolles Gefühl sein. Drei Monate später war es soweit. Während wir gemütlich bei einem Video und einer Flasche Wein saßen, setzten ihre Wehen ein. Thereses Freund, Toni, wurde ziemlich nervös und wusste nicht was er tun sollte. Mathieu ging es ähnlich. In Panik fuhr er das Auto vor. Es hing also wieder einmal an den Frauen die Ruhe zu bewahren. Ich half Therese in ihre Jacke. Zum Glück war es Sommer und schön warm, da mussten wir ihr nicht so viel überziehen. Die Fahrt ins Krankenhaus war sehr chaotisch. Wir überfuhren haufenweise Ampeln und waren auch sonst ziemlich aufgeregt. Ich hielt Thereses Hand und versuchte sie zu beruhigen. Toni wurde immer blasser und ruhiger. Mathieu musste sich schon sehr bemühen damit er nicht ohnmächtig würde. Zum Glück war das Krankenhaus nicht zu weit weg und wir waren schnell da. Dort angekommen setzten wir Therese in einen Rollstuhl und düsten mit ihr zur Aufnahme. Ihre Schmerzen wurden immer schlimmer. Sofort kam sie in den Kreißsaal und wurde für die Geburt vorbereitet. Toni beschloss mit hinein zu gehen. Wir blieben lieber draußen, weil ich da so eine Befürchtung hatte. Die bestätigte sich dann auch bald, denn während mein Schatz und ich noch über Kinder philosophierten, übermannte Toni die Ohnmacht. Das war wohl alles ein bisschen viel für ihn. Er war es nicht gewohnt seine Freundin leiden zu sehen. Ich beschloss ihn abzulösen und Mathieu kümmerte sich um ihn. Auch für mich war es ein seltsamer Anblick meine beste Freundin so leidend zu sehen. Mit großen Augen sah sie mich an. „Marie!", rief sie und suchte nach meiner Hand. Ich ging zu ihr und setzte mich an ihre Seite. „Komm schon, du schaffst das!", sagte ich ihr immer wieder während sie meine Hand bis zur Schmerzgrenze drückte. Ich wollte sie irgendwie ablenken: „Wenn du hier raus bist, gehen wir erst mal einen riesen Eisbecher essen. Weißt du wie wir es immer getan haben? Seit wir uns kennen gab es nichts spannenderes für uns als im „Chez Pierre" Eis zu essen und zu lästern. Wir gehen zusammen Spielzeug einkaufen für deinen kleinen Racker und leihen uns Kinderfilme aus. Das wird wunderschön. Wir bereiten die Taufe zusammen vor und gehen lange mit dem Baby spazieren. Es wird wunderschön. Du musst nur noch ein bisschen pressen. Nur noch ein kleines bisschen." Und Therese presste. Nach zwölf Stunden tönte ein lauter Schrei durch das Krankenhaus. Klein Nathalie was auf der Welt und sie war gesund und munter. Es war ein wahnsinniges Glücksgefühl und wir fielen uns weinend in die Arme. Inzwischen hatte sich auch Toni wieder beruhigt . Er war überglücklich über seine kleine Tochter. Jetzt konnte die Hochzeit ja kommen. Drei Tage blieb Therese noch im Krankenhaus. Wir besuchten sie jeden Tag. Nathalie war noch so klein und niedlich. Es war so süß ihr dabei zuzusehen wie sie schlief. Wenn man das so beobachtete, konnte man richtig Lust auf ein eigenes Baby bekommen. Es wäre wunderschön gewesen ein eigenes Kind mit Mathieu zu bekommen, aber zu diesem Zeitpunkt war es einfach noch zu früh. Für Therese und Toni war die Situation noch neu und sie mussten sich erst daran gewöhnen. An dem Tag ihrer Entlassung, bereiteten wir ihr eine Überraschungsparty. Alle Freunde waren gekommen, um sich das Kleine anzusehen. Therese war überglücklich. Bis zum Beginn meiner Ausbildung dauerte es noch ein bisschen und so konnte ich noch etwas für meine Freundin da sein. Wir machten zusammen Besorgungen und ich half ihr mit dem Baby. Das Problem an der ganzen Sache war, dass sich Mathieu vernachlässigt fühlte. (Das gefiel mir sehr gut und ich bekam Lust mir ein kleines, niedliches Häschen anzuschaffen.) Ich musste mir unbedingt etwas einfallen lassen, um mehr Zeit mit ihm zu verbringen. Ich wollte ihn auf keinen Fall deshalb verlieren. Da kam mir die Idee. Ich rief Mathieu an und beschwor ihn sich für das kommende Wochenende nichts vorzunehmen.. Er war sehr überrascht, stimmte aber zu. Am kommenden Donnerstag heckte ich mit Denise und Therese einen Plan aus um Mathieu zum Flughafen zu locken. Wir beschlossen ihm die Augen zu verbinden und mit dem Auto zum Flughafen zu fahren. Es sollte zu meinen Eltern nach Kanada gehen. Ich war so überzeugt von meinem Plan. Ich klaute am Abend zuvor Mathieus Schlüssel und während ihn Therese ablenkte, fuhr ich in seine Wohnung, um seine Koffer zu packen. Ich freute mich schon so auf sein Gesicht. Die Koffer verstaute ich im Auto und ging wieder in meine Wohnung als ob nichts gewesen wär'. Später gab ich vor dass es mir schlecht ginge und Mathieu blieb natürlich bei mir. Er hatte ja keine Ahnung was am nächsten Morgen passieren würde. Um vier klingelte der Wecker. Ich weckte Mathieu und erzählte ihm, dass ich unbedingt zum Arzt müsse. Besorgt stand er mit auf und aß noch schnell Frühstück mit mir. Als wir dann gehen wollten, wurde er von Denise und Therese überfallen. Die beiden zogen ihnen eine Maske über und führten ihn die Treppe hinunter ins Auto. Erst weigerte er sich noch, doch dann ließ er es über sich ergehen. Mathieu stellte unterwegs viele Fragen, die wir natürlich alle nicht beantworteten. Als wir am Flughafen an kamen, setzten wir ihm einen Walkman auf, damit er die Geräusche nicht wahrnehmen konnte. Am Flugschalter nahm ich ihm alles ab, damit er einchecken konnte. Seinen Gesichtsausdruck werde ich niemals vergessen. Seine Augen wurden immer größer und ein lauter Schrei ging los: „Ich lerne deine Eltern kennen? Das ist der totale Wahnsinn. Du meinst es also wirklich ernst!" Dann fühlte ich nur noch wie mich Mathieu in die Luft hob. Er bedankte sich auch total lieb bei Denise und Therese für ihre Hilfe. An Bord musste ich ihm natürlich erst mal erklären wie ich seine Koffer packen konnte und wie ich auf die Idee kam. Ich erklärte ihm die ganze Geschichte und ihm stiegen ein wenig die Tränen in die Augen. Die acht Stunden Flug vergingen wie nichts.   Meine Eltern holten uns vom Flughafen ab. Mathieu war sehr aufgeregt, aber meine Eltern gingen mit offenen Armen auf ihn zu. Sie hießen ihn herzlich willkommen. Im Gegensatz zu Henri, wollten sie Mathieu auch kennen lernen.   Sie hatten es selber angeboten. Meine Eltern wussten wie glücklich ich in der letzten Zeit war.   Zu Hause angekommen zeigte ich meinem Schatz erst mal das Haus und die Umgebung. Es gefiel ihm ausgesprochen gut. Den Rest des Tages verbrachten wir mit meinen Eltern. Sie plauderten und lachten viel mit Mathieu und verstanden sich gut. Mein Vater zeigte ihm sogar seine Schiffssammlung. Ich war so glücklich und vor allem Mathieu war glücklich. Wir genossen das Wochenende bei meinen Eltern in vollen Zügen und als wir wieder fliegen mussten, versprach er meinen Eltern auf mich aufzupassen. Meine Mama nahm mich am Flughafen bei Seite und flüsterte mir ins Ohr, dass Mathieu der richtige Mann für mich sei. Sie fühle es genau. Wir knuddelten dann alle noch mal ganz fest und dann ging der Flieger nach Paris.   Wir fühlten uns verbundener als zuvor. Jetzt wusste ich, dass meine Eltern ihn mochten und das gab mir ein sehr beruhigendes Gefühl. Nichts und niemand konnte uns jetzt noch stoppen.   Mathieu sah das auch so. Er war ganz entspannt und es gab auch kein Gefühl der Eifersucht mehr bei ihm. „Das war das schönste Geschenk das du mir hättest machen können. Danke!", dann schlief er in meinen Armen ein.In Paris stiegen wir als richtig festes Pärchen aus. An diesem Abend fuhren wir gleich zu mir und übernachteten auch bei mir. Die nächsten Monate gestalteten sich als die schönsten in meinem Leben.   Da war keine Spur des Egoismus an ihm zu finden. Er interessierte sich für meine Tätigkeiten und wir unternahmen sehr viel miteinander. Auch bei der Ausbildung lief alles super. Alle waren sehr zufrieden mit mir.   Bald wurde es wieder Weihnachten und wir beschlossen zu Weihnachten in die Berge zu fahren. Und so taten wir das auch. Vorher fuhren wir noch bei seinen Eltern vorbei und feierten noch Heiligabend mit ihnen. Sie machten Gänsebraten und Bratäpfel. Die ganze Familie war zusammen. Es war wunderschön, nur leider mussten wir schon zeitig fahren, da wir noch die Berge erreichen wollten. Es schneite auf dem Weg dorthin. Wir meldeten uns an und ein Führer brachte uns zu unserer Hütte. Sie war richtig niedlich mit einem Fell und einem Kamin. In der Ecke wurde das Holz gestapelt und außerdem gab es noch ne kleine Küche und ein wunderschön kuscheliges Bett und einen kleinen Fernseher. Sie hatten uns sogar einen kleinen Weihnachtsbaum in die Hütte gestellt. Es war eine rundum romantische Atmosphäre. Mathieu zündete den Kamin an und ich die Kerzen. Dann machten wir es uns auf dem Fell gemütlich und redeten. Die Bescherung hatten wir uns für die Hütte auf. Mathieu musste seine Geschenke zuerst öffnen. Er freute sich total über seine DVD und sein Buch. Außerdem bekam er noch einen Gutschein für Unterwäsche. Mathieu schenkte mir eine CD und einen richtig süßen und riesig großen Kuschelelch. Ich freute mich so sehr. Es war ein Geschenk was von Herzen kam. Das konnte ich so richtig fühlen. Plötzlich zog er noch ein kleines Päckchen mit roter Glitzerfolie aus der Tasche. „Pack es aus!", sagte er mit ruhiger Stimme. Vorsichtig packte ich das Päckchen aus und eine kleine Schatulle kam zum Vorschein. Als ich sie öffnete lächelte mich ein kleiner, glitzernder Silberring an. Meine Gesichtszüge entglitten etwas und ich wusste nicht was ich sagen sollte. „Weißt du, wir sind jetzt so lange zusammen und ich finde es so schön mit dir. Du bist die Frau meines Lebens und ich möchte es mit dir verbringen. Marie, willst du meine Frau werden? Ich meine es im Ernst." Meine Herz pochte bis zum Hals. Ich wurde rot und meine Augen wurden feucht. „Ja, ja ich will dich heiraten! Wenn du es dir aber bis morgen anders überlegst, kannst du es ruhig sagen." Dann fielen wir uns in die Arme.

„Therese, Marie! Kommt doch bitte mal runter! Es ist soweit." Heute ist der Tag aller Tage. Es ist warm draußen und die Sonne strahlt vom Himmel. Gerade helfen Therese und ich uns gegenseitig unsere Schleier aufzusetzen und die Frisuren zu ordnen. Es ist ein wunderschöner Tag. Wir haben uns für eine Doppelhochzeit entschieden. Aller Unkenrufe zum Trotz. Ich trage ein langes weißes Kleid und fühle mich wie eine Prinzessin. Heute heirate ich den Mann meines Lebens und bin glücklich für alles was er mir gibt. Ich bin glücklich darüber dass er derjenige ist der mein Leben mit mir teilt. Mit ihm werde ich jeden Morgen aufwachen und jeden Abend einschlafen. Er ist das erste woran ich denke wenn ich aufwache und das letzte wenn ich einschlafe. Ich bin eine Prinzessin, seine Prinzessin. Marie, glückliche Braut, Freundin und hoffentlich bald Mutter.